Albträumer

Andy Strauß

Roman

– Anti-Pop –

1. Auflage November 2010
Titelbild: Tom Baumhöfer und Jae Pas (www.jaepas.de)

Lektorat: MetaLexis
Satz: nimatypografik

ISBN: 978-3-86608-137-6

Ubooks-Verlag | Wellenburger Str. 1 | 86420 Diedorf
www.ubooks.de

VORSPIEL

Entbindungsstation. Neugeborenenzimmer. Gedimmtes, ungewöhnlich warmes Licht aus Energiesparlampen. Leise, an einen Wasserfall erinnernde Geräusche aus Lautsprecherboxen. Das typische, erste Setting der postnatalen Existenz von Hier und Heute.

Für die anwesenden, neuen Menschen spielt die Zeit keine Rolle. Ein Gestern existiert nicht und ein Morgen befindet sich außerhalb des Vorstellbaren. Eben erst aus der Sicherheit des Daseins innerhalb eines vertrauten Körpers verbannt und an die wirkliche Welt übergeben, schlafen hier sieben unbefleckte Existenzen einen traumlosen Schlaf. Vierzehn bislang ungeöffnete Augen. Neue Köpfe, denen noch Worte fehlen, um überhaupt irgendetwas zu beschreiben. Alles neu macht die Geburt, die Geburt, die macht das schon.

Noch sind sie nur Neuankömmlinge, formbare Masse. Was sollen sie auch träumen, wo sie doch noch nichts wissen?

Alle werden sie, insofern sie nicht vorzeitig ein Unglück ereilt, zwangsläufig Protagonisten eines Spiels sein. Ein Spiel, dessen brutale Regeln nur eine überhebliche Lebensform wie der Mensch erdacht haben kann. Ein hochgradig *kultivierter* Mensch. Erdacht, ohne sie zu verstehen. Verdacht.

Regeln sind gut, wenn sie für Fairness sorgen. Regeln sind nicht gut, wenn sie für Sorgen sorgen. Recht ist ein auf Konsens basierender Vertrag, der sinnvoll einschränkt, um Freiheit zu schenken.

Unrecht aber sind Regeln, die Recht sind, weil sie einer kleinen Gruppe gerade recht gelegen kommen. Eine Gruppe mit Macht macht noch keinen Konsens. Dennoch sind diese die Regeln des Spiels.

Mein Rat an die Neuankömmlinge wäre, zu träumen, sobald sie dazu fähig sind und dann nach dem zu streben, was sie gesehen haben. Es gibt nur ein Leben, das es zu leben gilt, und das ist das eigene. Die eigenen Wünsche, beschränkt nur durch einen sinnvollen Konsens.

So liegen sie da, die sieben. Noch nur nackte Existenz, so lange nur geformt von dem, was sie führt, bis sie mit Selbstständigkeit beginnen und Fesseln lösen. Dann liegt es in ihrer dann größeren Hand.

Ein Träumer unterscheidet sich nur durch das Leben seiner Träume vom Albträumer.

Hoffen wir für ihren zukünftigen Schlaf nur das Beste.

1 FEUER UND FLAMME FÜR ANNABETTE

In der Fernsehzeitschrift, die alle vierzehn Tage ins Haus schneit und mit deren Hilfe ich die Abende von zwei Wochen im Voraus planen kann, ist Pretty Woman als Tagestipp für einen Donnerstag besonders hervorgehoben. An diesem Donnerstag wird es genau zwei Monate, also vier Fernsehzeitschriften her sein, dass ich Annabette zum letzen Mal gesehen habe. Vielleicht wäre alles ganz einfach, wenn ich nicht zu früh aufgegeben hätte, aber es war viel zu viel in zu viel zu kurzer Zeit geschehen. Dabei hatte alles so gut angefangen mit uns.

Zum ersten Mal trafen wir uns auf dem Markt. Sie stand hinter zahllosen Boxen und Kisten voller Kartoffeln, Spargel und Zwiebeln, flankiert von Tischen mit frischem Obst aus fernen Ländern. Marktfrau, wie sie war, feilschte sie mit jedermann und reichte ihren Abnehmern nach abgeschlossenem Handel meist noch ein Stück kostenloses Obst mit ihren fingerkuppenfreien Wollhandschuhen, die sie vor der plötzlich wiedergekehrten Kälte des schon fortgeschrittenen Frühlings schützen sollten. Ihr Körperbau war sicherlich nicht der beste, aber auf jeden Fall war er auch nicht verachtenswert schlecht, nur eben hier ein bisschen zu viel und dort ebenfalls ein bisschen zu viel. Ihre Nase war für die Fülle ihres Gesichtes viel zu schmal geschnitten und man konnte ihr die niedrige Außentemperatur ansehen, ihre Augen glänzten leicht schielend in den Tag hinein. Eingerahmt war ihr Gesicht allerdings von den schönsten Haaren, die wohl jemals ein Mensch auf dem Kopf tragen durfte, pechschwarz, leicht gewellt und gesund. Die Spitzen ragten bis kurz unter den Ort, an dem sich wohl ihre Brustwarzen befanden, und das war bei ihr sehr tief. Als ich vor ihr stand und meinen Spargel bestellte, pustete sie sich eine Strähne aus dem Gesicht, dabei Kondenswolken ausstoßend, die in meine Richtung waberten. Ich war irritiert, ergriffen, konfus und konnte an nichts anderes denken, als diese Wolken in mich einzusaugen. Sie schmeckten wie eine Melange aus Apfelmost und Knoblauch, frisch und verdorben in einem und sie machten, dass es um mich geschehen war. Es darf nicht unerwähnt bleiben, dass ich immer schüchtern war. So schüchtern, dass ich mich kaum traute, bei der Bäckerin eine Quarkbrezel zu bestellen, aber in diesem Fall schlug mich die Macht der Liebe mit der Wucht einer Dampflok unter Volllast, durchbohrte meine Gedanken, sprengte meine Verhaltensmuster und noch bevor ich begriff, was geschah, waren wir in eine Gespräch verwickelt.

Das laute Treiben des Marktes verstummte unter dem Reigen, den unsere Herzen schlugen. Dass mir ein Taschendieb mein Portemonnaie stahl, war mir egal, ebenso die instabile Situation in Krisen- und Kriegsgebieten oder jegliche Form der Umweltbelastung, die zum Schmelzen der Polkappen führt, plötzlich alles nichtig. Die jäh aufgeflammte Liebe warf einen Vorhang aus Rauch um uns, der uns für alle anderen Menschen der Welt unsichtbar machte. Wir waren eins im Rauch.

Bevor ich sie verlassen musste, verabredeten wir uns für den nächsten Abend um einundzwanzig Uhr in einer Tittenbar. Unser erstes Date sollte etwas außergewöhnliches, für immer in Erinnerung bleibendes werden, da waren wir uns einig. Dann gab sie mir noch das Pfund Spargel, das Kilo Kartoffeln und einen Pfirsich für umsonst mit und frei von Scherz und Schwere tänzelte ich kitschtriefend nach Hause. Die Liebe rumorte in meinen Eingeweiden, und da an Essen nicht zu denken war, verschenkte ich den Spargel weiter an meinen Nachbarn, der in der letzten Zeit sehr traurig wirkte, obwohl er früher so oft im rosafarbenen Bademantel durch den Garten lief und seine Begonien goss. Bis zu unserem Date saß ich die meiste Zeit bei geöffnetem Fenster auf der Toilette, aß zwischendurch ein Paar Salzstangen, trank Cola und ließ per Telefon meine Bankkarten sperren. Ich dachte an sie und was ich wohl machen würde, wenn sie nicht käme. Ich feilte an kreativen Selbstmordmethoden, stellte mir vor, mit einer Achterbahn zu fahren und gerade an dem Punkt, an dem der Achterbahnwagen ganz oben ist, ganz kurz, bevor er in die Tiefe stürzt, einen Anker nach hinten auszuwerfen, der mit einem Seil um meinen Hals befestigt ist. Dachte daran, mit einer falschen Waffe Polizisten zu drohen und dafür fünf Warnschüsse in den Kopf zu kassieren. Dachte an vieles, bis sich dann rausstellte, dass ich umsonst gedacht hatte, denn sie war am nächsten Abend tatsächlich gekommen. Und sie war schön, noch überragend viel schöner als vorher. Ihre

Funktionskleidung vom Markt war ersetzt durch anziehende Kleidung, deren Funktion eher das Verhüllen unattraktiver Teilchen und das Hervorheben der Sahnestücke war. Und Sahnestücke hatte Annabette wirklich, richtige Sahnetorten waren es fast, und ich konnte es kaum erwarten, die Kirschen von oben zu naschen. Ihre Haare waren in einem wohl langwierigen Akt in eine Form gebracht, die berauschender nicht sein konnte und ihre Pickel hatte sie mit einem Abdeckzauberstift unter die Oberfläche gehext. Sie war Rubens Traum, eine Wuchtbrumme mit Mannequinappeal und sie ließ die Tänzerinnen in der Tittenbar alt aussehen, egal wie viel und womit diese wackelten.

Wir waren berauscht von einander, tranken Wodka, Sambuca und Rum, leckten heftig in einem Separee, berührten uns überall und es gab wirklich viel zu berühren an ihr. Irgendwann gegen fünf Uhr morgens kamen wir dann zu dem Schluss, bei ihr zu Hause weiter zu machen, denn der Alkohol ließ uns zwischenzeitlich bereits häufiger abwechselnd in traumlose Sekundenschläfe fallen. Nachdem ich meine Kleidung und sie ihren Körper zurechtgerückt hatte, torkelten wir gen Bar, um dort noch einen letzten Absacker zu nehmen. «Mein Richard Gere», flüsterte sie mit träger Zunge, als ich ihren Deckel von meinen letzten Barreserven bezahlte und meine Ohren wurden dabei nass. «Meine kleine, fette Esmeralda», dachte ich und bevor ich es schaffte, ihr in den Hintern zu kneifen, knallte der Barkeeper die Shotgläser mit dem Schlummertropfen auf den Tisch. Wir hatten zwei Zentiliter bestellt, bekam als meistkonsumierende Kunden des Abends aber zur Belohnung vierzig Milliliter vorgesetzt. Der Stifter dieser Bonusration schien nicht nur Barkeeper, sondern auch Besitzer des Ladens zu sein, leicht daran zu erkennen, dass er die sowohl die einzige männliche Bedienung als auch – zum Glück – die einzige Bedienung mit Kleidung oberhalb der Gürtellinie war. Er hatte schmierige, viel zu gegelte Haare und in der linken Ecke seines obszönen Grinsens glänzten zwei bis drei Goldzähne. In seiner rechten Hand hielt er ebenfalls ein Schnapsglas, das er anprostbereit in unsere Richtung reckte und, wie um sich zu rechtfertigen, schleimte er mit angehobener Augenbraue: «Ich wollt mit euch Rum machen.» Annabette, der dieser niveaulose Witz anscheinend gefallen hatte, griff nach ihrem Glas, holte zum anstoßen aus und lallte dem Brustherbergsvater tief aus ihrem Magen «Du bisss widssssig» entgegen. Die Kombination aus den Aufgaben *Glas festhalten* und *Arm in Richtung anderes Glas bewegen* war dann im nächsten Augenblick anscheinend gehörig zu viel Multitasking für ihr überflutetes Gehirn, wobei ich noch davon ausgegangen war, dass sie aufgrund ihrer Masse mehr Alkohol vertrüge als ich. Erst fiel ihr Glas auf den Tresen, dann ihr Kopf hinterher.

Als sie nur wenige Minuten später wieder zu sich kam, hatten wir die drei feinen Schnitte, die Teile ihres Schnapsglases in ihrem Gesicht hinterlassen hatten, bereits mit Pflastern versorgt, denn sie waren nicht zu tief und durch den Alkohol ausreichend desinfiziert. Sie sagte, dass ihr sowas noch nie passiert sei, dann lächelte sie mich an und sagte weiter, dass ich sie regelrecht umhauen würde. Auch ich lächelte ernstgemeint, denn eine Frau mit solchen Haaren und dem Humor in einer Situation wie dieser war mehr als perfekt für mich. Irgendwie fand ich mich in ihr wieder. Wir verließen die Tittenbar, der Schleimbolzen, der mir beim Verarzten unerwartet klar und souverän zur Seite gestanden hatte, warf mir noch einen mitleidigen Blick hinterher, dann erfrischte uns die kühle, frühmorgendliche Luft. Wir waren jetzt nur noch eine Taxifahrt von unserem ersten, gemeinsamen Höhepunkt entfernt und beide von einer Vorfreude erfüllt, die kaum zu bändigen war. Um die Wartezeit auf unseren gerufenen Chauffeur zu verkürzen, zog sie eine Schachtel Zigaretten aus ihrer Jackentasche hervor, steckte mir und sich selbst eine in den Mund, kramte dann erst das Feuerzeug aus ihrer Tasche und entzündete erst meine Zigarette und dann ...

... hörte ich plötzlich Schreie! Das kannst du dir nicht vorstellen, wie laut das war, voll so, als ob da jemand gerade am abkacken is'! ... Klar Mann, ich sofort ans Fenster und rausgeschaut und da rannte dann ne richtig fette Alte ... was? ... Nee Mann! So richtig fett! ... Ja Mann! So richtig richtig fett eben! ... Halt's Maul, ich erzähl das jetzt! Jedenfalls, die rannte da, immer so im Kreis, Alter. Und ey, ich schwör, die hat der Kopf gebrannt! ... Neeeee Alter, kein Scheiß, direkt vom dem Stripladen da ... ja Mann! Und der Typ bei ihr, so voll der Gammlkerl eigentlich, der stand einfach nur rum und ich denk nur so, Junge, du bist echt ma saucool. Hätt' ich auch nichts gemacht, bei so 'ner Fetten ... Was? ... Ne, Alter! Das is ja der Scheiß, Akku war leer ... Klar, Alter, fett Klicks hätt das gegeben, ich schwör, so hart. Und bei dir so? ... Ah ja, der Typ mit dem Bein, lol! Ich glaub,

das is'n Fake, aber auf jeden gut gemacht, das Blut sieht sauecht aus. Hab ich fünf Sterne für gegeben ...

... sich selbst. Ich bin mir nicht sicher, wie das passieren konnte. Vielleicht hatten ihre groben Poren zu viel vom Rum in sich aufgesaugt, oder es hatte sich in ihren Haaren angesammelt oder es war einfach das Haarspray, von dem sie sicherlich viel auf sich trug, jedenfalls war ihr Kopf der reinste Zunder. Und plötzlich war ich machtlos. Die jäh entflammte Annabette warf einen Vorhang aus Rauch um mich, der mich lähmte. Mein Mund stand offen und ich spürte einen Fluss aus Speichel mein Kinn entlang rinnen, doch ich war nicht mal in der Lage, ihn durch das Schließen meines Mundes zu stoppen oder ihn mit meinem Ärmel fortzuwischen. Was genau dann kam, schaffe ich nicht in Worte zu fassen. Zwar sind die Bilder tief in meinen Kopf eingebrannt, doch fehlt mir die Kraft, es zu formulieren. Annabette brannte vielleicht nur eine Minute lang, aber für mich war es eine Ewigkeit, in der ich in mir gefangen war. Gelöscht wurde sie vom Barkeeper, der auch den Krankenwagen rief, die mittlerweile ohnmächtige Annabette in einem Bett stabil auf die Seite legte und mit nassen Tüchern kühlte, sowie den Taxifahrer fortschickte und mich in eine Decke wickelte. Er blieb die ganze Zeit ruhig, ganz so, als gehöre das Löschen brennender Menschen zu seinem Tagesgeschäft. Bis der Krankenwagen kam, saß ich auf einem viel zu gepolsterten Holzstuhl neben dem Bett in diesem Hinterzimmer, das sonst Stundenweise gebucht werden kann, hielt Annabettes Hand und versuchte, mit ihr zu reden. Viel Sinnvolles wollte allerdings nicht aus mir herauskommen, nur tröstende oder betroffene Floskeln, aber was ist in solchen Momenten schon sinnvoll. Und selbst wenn mir etwas Sinnvolles eingefallen wäre, sie hätte es ohnehin nicht gehört. «Wie lieb sie sich um die Kleine kümmern!», sagte eine der barbusigen Angestellten, als sie mir einen Kaffee brachte, den ich vor Zittern zum größten Teil verschüttete. Ob nackt oder nicht, ich hätte sie jetzt gerne in den Arm genommen und geweint, denn an Annabettes Körper traute ich mich nicht. Ihr Gesicht war unter den Tüchern nicht zu sehen, ich fürchtete dass sie zerbrechen könnte. Der Notarzt brauchte nicht weniger als zwanzig Minuten und lobte den Chef des Etablissements für seine treffliche Wegbeschreibung, die optische Kennzeichnung der Unglücksstelle und für das sachgemäße Kühlen der betroffenen Hautpartien. «Solche Ersthelfer bräuchten wir überall, dann könnte oft Schlimmeres vermieden werden», sagte er zu mir, woraufhin ich mich aus dem Hinterzimmer schlich. Statt meiner assistierte ihm das Mädchen, welches mir den Kaffee gebracht hatte, immer noch oberkörperfrei. Man konnte fast meinen, dass sie ihre Brüste gerade nicht beruflich, sondern einfach aus purer, nudistischer Freude zur Schau stellte. Wie ich durch die Tür hören konnte, bewies der Arzt Taktgefühl und reagierte professionell gelassen auf seine illustere Gehilfin, gab ihr trocken seine Anweisungen und machte, was er zu machen gelernt hatte. Weniger taktvoll war eine andere Dame, die in dem Laden als Tänzerin arbeitete und mich neben der Tür lehnen sah. «Hey Kleiner, wenn du keine Lust hast zu warten, bis die

Ménage à trois mit Doktorspielchen da drinne vorbei ist, kannst du auch mit mir in das andere Zimmer da hinten kommen. Wie sieht's aus?» Während sie das fragte, drückte sie ihren Körper sehr eng an mich. Wäre mir nicht mein Geld abhanden gekommen, ich weiß nicht, ob ich nicht darauf eingegangen wäre. Es wäre mir nicht um den Sex gegangen, aber ich brauchte jetzt Nähe, brauchte so etwas wie eine Mutter, zumal sie mich ja auch *Kleiner* nannte. Und wenn diese Mutter einen wunderschönen Busen und wahnsinnige Hüften hat, umso besser. In die Verlegenheit ihr irgendwie antworten zu müssen, kam ich glücklicherweise nicht, denn die Rettungssanitäter hatten sich endlich auch eingefunden und die Tänzerin musste Platz für die Trage machen. Ich folge ihnen, erst in das Hinterzimmer, wo sie Annabette auf die Trage legten und dann in den Rettungswagen, wo Annabette Schläuche für eine Infusion in den Arm gestochen bekam. Ihre Augen waren das einzige, was man von ihrem Kopf sehen konnte, der Rest war mit gesalbten Binden versehen. Und aus diesen Augen schaute mich Annabette die ganze Fahrt über angstvoll und trotzdem voller Vertrauen an, so als wisse sie nicht, was und warum das gerade geschehe, aber sie dank mir wisse, dass das, was passierte, schon seine Richtigkeit habe.

Die nächsten drei Tage blieb ich bei Annabette im Krankenhaus, denn erstens wollte ich bei meinem Mädchen sein und zweitens hatte ich gar keine Möglichkeiten, zurückzukommen. Meine Geldbörse war gestohlen und die Idioten von meiner Bank ließen sich nur schwer davon überzeugen, meine neue EC-Karte an die Adresse eines Krankenhauses zu schicken.

Zum Glück waren die Leute vom Krankenhaus menschlicher und erlaubten mir dank geringer Auslastung, im Zimmer von Annabette zu nächtigen, was sicherlich nicht selbstverständlich ist. Als die Bankkarte dann doch ankam, nutzte ich den Geldautomaten im Krankenhaus, kaufte Blumen für Annabette und leistete mir dann ein Taxi zur Tittenbar, wo mein Volvo darauf wartete, mich nach Hause zu fahren. Ich führ den Umweg über die Feldwege, schaute mir die Wiesen an und stellte fest, dass es innerhalb der letzten drei Tage wesentlich wärmer, fast schon sommerlich geworden war. Außerdem merkte ich, dass ich Annabette trotz der fehlenden Haare und all der sicherlich bleibenden Narben immer noch für mich wollte.

Dann blieb ein paar Tage lang alles gleich. Ich erwachte zu Hause, frühstückte gediegen, erledigte ein bisschen Arbeit, fuhr zum Krankenhaus, redete händchenhaltend mit Annabette oder schaute händchenhaltend mit ihr fern und schlief dann wieder zu Hause. Irgendwann aber erhielt ich vormittags einen Anruf von der Polizei, mit der Aufforderung, einen Termin wegen einer Aussage zu machen. Ich wusste nicht, worum es gehen sollte, schlug als relativ braver Bürger aber vor, Annabette heute ein bisschen warten zu lassen und noch am Nachmittag desselben Tages bei den Grünen aufzulaufen.

Die uniformierte Dame hinter kugelsicherem Glas am Empfang sagte, ich solle mich in Zimmer acht melden, und drückte auf eine Taste, welche die Sicherheitstür zum Inneren des Gebäudes öffnete. Viel war hier nicht los und die Sicherheitsmaßnamen kamen mir zunächst übertrieben vor, wurden dann aber, als ich in Zimmer acht war und den Beamten sah, gerechtfertigt. Die Tür, so kam es mir vor, hatte gar nicht den Zweck, die Beamten im Inneren vor Amokläufern von außen zu schützen, sondern musste installiert worden sein, um die Außenwelt vor dem Monster aus Zelle acht zu schützen. Hastig fraß er die Reste eines Hühnerschenkels, bevor er mich eines ersten, abschätzigen Blickes würdigte und ohne wirklich vorher zu schlucken fuhr er mich an: «Ich habe gar nicht herein gesagt, wie unhöflich von mir... ach nein, konnte ich ja auch nicht, sie haben ja nicht geklopft», dabei Geflügelstückchen über seinen Schreibtisch verteilend. Wie ein Mensch mit Lehrauftrag schickte er mich tatsächlich noch einmal vor die Tür, um richtiges Anklopfen zu üben. Da ich Annabette im Kopf hatte, einigte ich mich mit mir darauf, seine Spielchen anstandslos mitzuspielen, um möglichst schnell raus aus der Nummer zu sein. Der erste Teil des Gespräches zwischen dem kostümierten Rumpelstilzchen und mir verlief kühl und rein protokollarisch, es wurden nur persönliche Daten abgefragt, die ich mit meinem Reisepass, den ich nicht in meiner Brieftasche aufbewahrt hatte, verifizieren konnte. Erst als er nach meinem Beruf fragte und ich mit *freier Journalist* antwortete, wurde er widerwillig etwas höflicher. Nur nicht mit der Presse anlegen, Credo des Bollwerks. Dass ich nur gesellschaftlich unbedeutende Berichte für die Werkszeitung einer Schraubenfabrik schreibe und damit gerade so über die Runden komme, ging ihn ja nichts an. Nun aber begann der interessante Teil unseres Gesprächs, welchen das Schreibtischwesen mit folgender, wohl schon tausendmal benutzter Floskel begann: «Herr Schnittek, sie wissen, warum wir sie hergebeten haben?» Wusste ich natürlich nicht, woher auch, das einladende Telefonat war ja nicht gerade informativ gewesen. Ich also gestand meine Unkenntnis, obwohl ich vermutete, dass sie eventuell meine Brieftasche gefunden hatten. «Dann passiert es ihnen also öfter, dass Menschen in ihrer Gegenwart *einfach so* in Flammen aufgehen?» Dass ich mit dem Entflammen von Annabette in Verbindung gebracht wurde, war die erste, ungeheuerliche Überraschung meines Besuches bei der Polizei. Wie konnten Menschen nur so etwas denken? Ich erzählte ihm den gesamten Hergang, begann damit, wie Annabette und ich uns kennengelernt hatten und endete damit, dass ich sie derzeit jeden Tag im Krankenhaus besuchte. Ich wurde aufgefordert, das Protokoll zu lesen und für seine Richtigkeit mit meiner Unterschrift gerade zu stehen, was ich guten Gewissens machen konnte. Gerade, als ich schon stand und Zimmer acht verlassen wollte, überraschte mich der Beamte allerdings noch ein zweites Mal, indem er mir zum ersten Mal tief in die Augen sah und vielsagend Folgendes an mich richtete: «Herr Schmittek, ich persönlich glaube ihnen ja. Aber so gut kann ihre Beziehung nun nicht sein, wenn sie nicht einmal den richtigen Namen von Frau Irene Fernstein kennen.» Meine Augen verweilten noch für ein paar Sekunden, in denen ich gar nichts verstand, in seinen, dann verabschiedete ich mich wortlos und stürzte aus dem Gebäude. Irene also, nicht Annabette. Um Luft zu bekommen, sagte ich mir immer wieder,

dass Namen nur Schall und Rauch seien, unwichtige Parameter im Spiel der Kommunikation ...

dass jeder mündige Mensch doch das Recht haben solle, sich zu nennen, wie er will ...

dass es bestimmt einen guten Grund für Annabette statt Irene gibt ...

aber wirklich einleuchten wollte es mir dann doch nicht.

Im Dunkeln tappend setzte ich mich in meinen Volvo, blieb auf dem Parkplatz stehen, drehte dann das Radio, so laut es ging, auf und ließ meine Gedanken in ziellosen Bahnen umherirren. Gerade, als *Kung Fu Fighting* von Carl Douglas lief, entschloss ich mich dazu, von nun an davon überzeugt zu sein, dass es sich bei Irene um eine Geheimagentin handelte. Meine Miss Undercover. Die Vorstellung war reizvoll und erregte mich ungemein, tagsüber einfache Marktfrau aber in der Nacht auf der Jagd nach den übelsten aller Kriminellen. Getarnt hinter der robusten Figur von Annabette verbarg sich die taffe Irene Fernstein und ich war ihr auf die Schliche gekommen. Bei dem Gedanken, dass sie mich jetzt, da ich dies wusste, wahrscheinlich töten müsse, schaffte ich es sogar, etwas zu lachen. Bevor ich nun aber endlich zu ihr fuhr, ging ich noch einmal zurück ins Revier um meine gestohlene Brieftasche zu melden. Zu meinem Glück war der zuständige Beamte von Zimmer vier freundlicher als sein Kollegenungeheuer, und zwei Telefonate später erfuhr ich, dass mein Behältnis für Monetäres bereits im Fundbüro auf mich wartete. Als ich es dort abholte, fehlte, bis auf das bisschen Bargeld, nichts. Im Krankenhaus lief ich den Flur vor Annabettes Zimmer mehrere Male auf und ab, inhalierte den Duft des Desinfektionsmittels, wie, um mich damit innerlich zu reinigen, dabei überlegte ich, wie ich wohl vorgehen würde. Trotz des Überlegens unschlüssig trat ich dann bei ihr ein. Sie war mittlerweile nicht mehr alleine auf ihrem Zimmer, sondern teilte es jetzt mit einer alten Frau, der seit neustem als Folge jahrelangen Zigarettenkonsums ein Bein fehlte. Irgendwie waren beide Opfer der Tabakindustrie, nur dass im Gegensatz zu Irene/Annabette die alte Frau gewarnt war, denn schwarz umrandete Hinweise mit der Aufschrift *Rauchen kann in Kombination mit Schnaps zu spontaner Entzündung des Kopfes führen* habe ich noch nirgends gesehen, nicht einmal in Amerika.

Zu erst begrüßte ich freundlich die alte Frau, die mir etwas Unverständliches als Antwort hustete, dann passierte ich ihr Bett und setzte mich auf den Hocker neben meinem Mädchen, deren Gesichtshaut um die Mundpartie schon wieder so funktionsfähig war, dass sie ohne große Schmerzen leicht lächeln und kurze Sätze von sich geben konnte. Die übrige, zu sehr zerstörte Haut sollte nach und nach durch gesunde Haut aus ihrem Oberschekel ersetzt werden, wobei es sich in diesem Fall wirklich für sie gelohnt hat, fette Oberschenkel zu haben. Um sicher zu gehen, dass die Alte nichts von der Geheimidentität ihrer Zimmergenossin erfahren würde, ging ich ganz nahe an ihr mit Mull bedecktes Ohr und flüsterte sanft *Hallo Irene* hinein. Im selben Moment verschwand ihr Lächeln, dafür weiteten sich ihre Augen schreckhaft. Sie schaute mich an, dann schaute sie weg, dann wieder mich an und dann wieder weg und immer hin und her, als ob sie ein geisterhaftes Tennisspiel beobachten würde. Irgendwann stoppte sie dann und verharrte auf dem geschlossenem Fenster, hinter dem ein Vogelnest in einer Birke zu sehen war. «Du ... du weißt es also ...», stammelte sie. Und, nein, ich wusste es nicht. Ich wusste nicht, was es zu wissen gab, hatte nur meine Phantasien und die waren allesamt absurd. Irnenannabettes Stammeln brachte mich in Rage. «WAS weiß ich denn? Was zu Teufel soll ich wissen? Was zum Kuckuck ist los mit dir?», brüllte ich, viel zu laut für ein Haus, in dem Menschen gesund werden sollen. Und sie? Antwortete nicht. Weinte nur. Aber ich brauchte Informationen, nichts dringlicher als ein paar klare Worte. Ihre Tränen erzeugten in mir blinde Wut und ich schrie weiter auf sie ein, bis ich kurz davor war, ein Kissen zu nehmen und es ihr in das Gesicht zu drücken. Gerade noch rechtzeitig wurde ich von drei Zivildienstleistenden unter schwersten Protesten verbaler und physischer Art aus dem Krankenhaus begleitet. Weitere Folgen hatte Annabette wohl verhindert. Indem sie sagte, dass die Polizei nicht gerufen werden solle, hatte sie wenigstens etwas gesagt.

Für den Weg von der Stadt bis zu meiner Wohnung brauchte ich nur knapp die Hälfte der Zeit, die ich sonst brauchte, ignorierte dabei jede Ampel und fuhr am Ortseingangsschild fast in einen, meiner Meinung nach viel zu langsamen, alten Mercedes. Zu Hause angekommen lieferte ich mir eine Schlacht mit allen Flüssigkeiten, die mein Spirituosenschrank so hergab, versuchte damit die frischen Wunden zu desinfizieren. Es dauerte bestimmt eine Woche, die ich brauchte, um mich zu beruhigen. In dieser Zeit versuchte ich vergeblich über mehrere Quellen irgendetwas über Irene Fernstein herauszufinden, doch weder über Annabette noch über Irene existierten wirkliche Informationen. Selbst die Chefin am Marktstand wusste mit den Namen nichts anzufangen, hatte aber eine Angestellte mit dem Namen Elena, auf die meine Beschreibung passte. Mit etwas Nachdruck verriet sie mir dann auch, dass sie nicht wisse, wo diese Elena wohne, da sie sie immer unter der Hand bezahlt habe, was aber auch unter uns bleiben müsse. Die einzige Information, die ich auf dem Markt bekam, erhielt ich von einer Frau, die in unmittelbarer Nähe zu dem Marktstand, an dem Annabette tätig war, Brathähnchen verkaufte. Auch sie kannte meine Freundin nur unter dem Namen Elena und habe sie außerhalb vom Markt zwei- oder dreimal in einer Kneipe in einem Nachbardort gesehen, als sie dort ihren Exmann nach dem Zechen abholen durfte. Fürs Erste sollte diese Information nicht allzu viel bringen, denn aufgrund ihrer Beschädigung würde mein Mädchen dort bestimmt nicht aufkreuzen. Da ich immer noch verliebt war, wollte ich es nicht dabei belassen. Egal, welches Geheimnis sie umgäbe, ich war bereit, es für diese Frau, die ich kaum kannte, in Kauf zu nehmen. Meine einzige Möglichkeit bestand darin, sie erneut im Krankenhaus aufzusuchen, was ich dann auch versuchte. Doch als ich ihr Zimmer betrat, war sie fort. Die Einbeinige bekam fast einen Herzinfarkt, als sie mich sah, und betätigte umgehend den Schwesternruf, mein Wutausbruch schien mächtig Eindruck gemacht zu haben. Die Schwester, die mich noch gut kannte und natürlich auch wusste, dass ich die ersten Tage bei Irene im Zimmer geschlafen und mich herzlich um sie gesorgt hatte, nahm mich mit in das Schwesternzimmer, wo sie mir einen Kaffee reichte. Warum zum Teufel wird einem in solchen Situationen eigentlich immer Kaffee gereicht, wo doch gerade in einem Krankenhaus viel bessere Mittel zur Beruhigung in den abgeschlossenen Schränken stehen? Entmutigt stüzte den lauwarmen Kaffee ohne Milch und Zucker in einem Schluck herunter und drehte mir eine Zigarette aus pechschwarzem Tabak, auf den ich wegen der Umstände umgestiegen war. Bevor mir die Schwester, deren Name hoffentlich wirklich Heike Ostdorf ist, ein paar Dinge zu Irene unterbreitete, untersagte sie mir noch das Rauchen im Schwesternzimmer. «Irene ist in eine Spezialklinik für Verbrennungen verlegt worden, wo die Hauttransplantationen durchgeführt werden, und sie möchte auf keinen Fall, dass sie sie besuchen. Sie sagte, es wäre besser, wenn sie aus ihrem Leben verschwinden, sie hat mir alles erklärt.» Was genau sie denn erklärt hätte, wollte ich wissen, erhielt aber, egal wie viel ich bohnte und nachhakte immer nur die eine Antwort, nämlich, dass es besser sei, wenn ich es nicht wisse, und dass ich sie vergessen solle. Als ich des Fragens Nutzlosigkeit erkannte, reagierte ich wieder nur mit Tränen. Mit gebrochenem Herzen im Krankenhaus und keine Medizin die nützt. Schwester Heike, wohl vom Mitleid übermannt, nahm mich in ihren Arm und drückte mich, bis meine Tränen verrannen und mein Schluchzen verstummte. Dann fasste sie mir in den Schritt, begutachtete die Größe meines Schwanzes durch die Hose und sagte, dass sie an Irenes Stelle bei mir geblieben wäre. Zwar hatten die Erlebnisse mit Annabette mich meiner naiven Schüchternheit beraubt, doch wurde mir von den zwar zarten, aber falsch platzierten Fingern der Krankenschwester kotzübel. Ich brach irgendwo zwischen Schwesternzimmer und Haupteingang des Hospitals in

eine E
c
k
e

kümmerte mich nicht weiter um meine Hinterlassenschaft und bin seit dem die meiste Zeit zu Hause. Im Internet habe ich alle Spezialkliniken für Verbrennungen ausgemacht und anhand ihrer Entfernung zu hier nach Wahrscheinlichkeit kategorisiert. Ich habe eine genaue Beschreibung von Irene/Elena/Annabette/X angefertigt mit der Bitte, sich bei mir zu melden, falls diese Person bekannt ist und dieses Stück über hundert Mal ausgedruckt. Doch weder bin ich zu den Kliniken gefahren noch hab ich dort angerufen, und die Flugblätter vergilben im Rauch meiner Zigaretten. Die Frau, die mich die Bedeutung von Liebe, Hass und Schmerz lehrte, ist weg und ich werde nichts daran ändern, sondern weiterhin belanglose Artikel über die Angestellten des Monats und die Stahlpreise auf dem asiatischen Markt schreiben.

2 CHRIST ISST

Lange Monate ist das Seminar jetzt her. Lange, einsame Monate. Allein vor dem Fernseher, allein im Supermarkt, allein im Bett. Jetzt sitze ich immer noch allein am Tisch und vor mir steht der runde Teller. Mit der Gabel zerdrücke ich die noch dampfenden Kartoffeln, dann streue ich Salz drüber und runde es mit geschmolzener Butter ab. Über den Spargel gieße ich Sauce Hollandaise, dann schneide ich mir zwei Scheiben Schinken ab. Zuletzt fülle ich mein Glas mit Sauvignon blanc und bin bereit zu speisen. Da am Sonntag zu ruhen ist, habe ich den Spargel gestern schon geschält, wie auch die Kartoffeln, ein Nachbar hatte sie mir geschenkt, ein schöner Mann. Heute war alles nur noch zu erwärmen, ganz einfach. Für den Weg von und zur Kirche nahm ich mir ein Taxi. Den morgenländisch anmutenden Fahrer konnte ich nicht überzeugen, mir in Gottes Haus zu folgen, dennoch war ich nicht allzu streng mit ihm, schließlich ist Sonntag und auch wenn ich Ungläubige überzeugen möchte, so sollte ich trotzdem auf übermäßiges Blutvergießen verzichten. Mein Glas Wein ist von Gott selbst legitimiert worden. Wenn Gott nicht gewollt hätte, dass ich ihn trinke, dann hätte Jesus Wein zu Wasser gemacht und nicht umgekehrt.

Voller Genuss beginne ich mein Mahl. Zuerst eine Gabel gebutterte Kartoffeln, danach enthaupte ich den ersten Spargel.

Beim Spargel esse ich immer zuerst den Kopf und stecke mir dann das hintere Ende in den Mund, ohne die Stange vorher weiter zerschnitten zu haben. Ganz langsam sauge ich den Spargel dann Millimeter für Millimeter ein. Ich halte es nicht für einen Rückfall, dass ich dabei an geile, harte Männerschwänze denke, es ist eine Versuchung des Teufels. Seit dem Seminar weiß ich damit umzugehen. Stark bleiben. Immer stark bleiben. Gott wird mein Flehen erhören. Gott wird den Dämon verjagen. Schnell schlucke ich das Gemüse und beiße in eine Scheibe Schinken. Es liegen noch vier Stangen Spargel auf dem Teller. Drei liegen parallel zueinander, eine im spitzen Winkel über den anderen dreien. Ich schiebe die Stange, die aus der Reihe tanzt, von den anderen dreien runter, sodass auch diese richtig liegt, dabei spüre ich ein Stechen in der Schulter des Armes, der die Gabel hält. Ganz eng schiebe ich die vier Schwänze zusammen, beiße in die zweite Schinkenscheibe und mit einer reflexartigen Bewegung enthaupte ich alle Spargelstangen gleichzeitig. Ich habe das ungute Gefühl, an den Hälsen des Spargels Blut austreten zu sehen, aber es bleibt nur bei dem Gefühl. Schnell schaufle ich mir die restlichen Kartoffeln ein, eine Gabel pro Sekunde, nach neun Sekunden sind sie alle weg. Übrig bleiben zwei angebissene Scheiben Schinken, luftgetrocknet, nicht geräuchert. Ohne die Kartoffeln ganz geschluckt zu haben, stopfe ich mir den Schinken hinterher, geschmolzene Butter läuft aus meinen Mundwinkeln. Kurz kauen, schlucken und das letzte Stück Schwein hinterher, nur noch die vier länglichen Teile und ihre abgetrennten Eicheln sind jetzt noch da. Ich liebe

Schwänze. Nein. Ich liebe Gott. Gott hasst Schwänze. Es ist nur Spargel, es ist nur eine Prüfung Satans. Ich würde meinen Heiland verspotten, wenn ich seine Gaben nicht annähme. Nicht aufessen ist Gotteslästerung. Meine Hand verkrampft sich um die Gabel, presst die Zinken des Instruments mit leichtem Druck gegen meine Unterlippe, dann stärker bis der Krampf sich löst und die Gabel aus meiner Hand auf den Boden fällt. Das Messer fällt daneben.

Aus meinem Gesicht tropft es auf den Teller. Das Blut, das ich vorhin fühlte, ist jetzt wirklich da. Enteichelte Schwänze, die ich essen muss, so wie der Allmächtige es will. Mit geschlossenen Augen greife ich auf den Teller, sammle alles ein, was ich greifen kann, stopfe es in den Mund, schmecke Blut. Meine Hände sind fettig, die Zähne beeilen sich, Masse im Mund zu zerfetzen. Ewig, es dauert ewig, kann gar nicht schnell genug vorüber sein. Wie ich alles aufkrieg, ist mein Krieg. Kein Engel da, der mich unterstützt, nur meine Kiefer, die arbeiten.

Irgendwann ist alles weg. Irgendwann bin ich fertig. Alles ist geschluckt, es ist alles in meinem Magen. Meine Nase läuft und ich schlucke ein paar Mal kräftig nach. Ich bin mir sicher, dass ich nicht lache. Von seinem Kreuz über der Esszimmertür hingegen lächelt mir Jesus zu. Er ist ein hübscher Mann und trägt nur ein zerrissenes Tuch um die Hüfte. Es ist Sonntag, ich muss ruhen. Das Kreuz, an dem der kleine Holzmann hängt, nehme ich mit auf mein Sofa im Wohnzimmer. Besonders teuer sind meine Einrichtungsgegenstände nicht. Ich würde kaum etwas vermissen, wenn es fort wäre, vielleicht würde es mir nicht einmal auffallen.

Nur wenige Dinge benutze ich wirklich, die anderen Sachen hat Christoph ausgesucht. Er hatte ein Auge dafür, aber er ist schwul und wollte sich nicht heilen lassen. Nachdem ich beim Seminar war und von meiner Homosexualität geheilt wurde, musste er gehen. Seine gerechte Strafe wird ihn nach seinem Tod ereilen. Es ist Sonntag, ich sollte ruhen.

Ich ruhe auf Christophs Sofa. Ich denke an Christoph. Er war ein schöner Mann, ein Feuerwehrmann mit einem Feuerwehrmännerkörper. Ich denke an Schwänze, nicht an Spargel. Es scheint der Teufel in mich gefahren zu sein, etwas regt sich unter der Decke. Ich will dieses Gefühl, das man nicht dadurch bekommt, dass man sein Teil stimuliert, ich will das tiefere Gefühl. Erst gleitet ein Finger, dann gleiten zwei in mich. Sie erreichen mich da, wo sie mich erreichen müssen, aber ich brauche mehr, brauche Länge und härteren Druck auf die Prostata, also greife ich nach dem Holzkreuz. Ich lasse die längere Seite in mir verschwinden. Warme Schauer durchfließen mich, bewegen mich, kontrollieren meine Muskeln. Vor Lust beiße ich mir auf die Unterlippe, reiße die Wunde wieder auf, denke an Blut, an Spargel, zerschnittene und zerkaute Pimmel, stiellose Eicheln, reiße das Kreuz aus meinem Arsch. Ein Rückfall, ein verdammter Rückfall.

Ich küsse meinem Holzheiland die Füße und schmecke meine eigene Scheiße, die daran glänzt. Wie konnte sowas? War ich nicht heute Morgen noch in der Kirche?

Der Spargel. Mit ihm hat alles angefangen. Meine Schulter sticht wieder. Ich habe meinem Herren nicht vor dem Essen für das Essen gedankt. Ich habe gesündigt, ungeseligtes Essen gegessen, dem Teufel ein Tor aufgestoßen. Noch ist es in meinem Magen, noch ist es nicht zu spät. Ich renne in die Küche, zu meinem Teller, stecke mir rückwärts die Gabel in den Hals. Ich kämpfe mich ab, alles muss wieder raus. Den Wein habe ich gar nicht angerührt. Es muss wieder raus. Wieder tränen meine Augen, bis es undefinierbar vor mir liegt.

Erleichterung macht sich breit. Meine Atmung flacht ab. Ich falte meine Hände, spreche mein Gebet und nehme einen Löffel zur Hand. Amen.

3
RECHT FERTIGE KURZE SCHLÜSSE

Viel ist nicht von der alten Scheune übrig geblieben, denke ich, als ich vor dem stehe, was von der alten Scheune übrig geblieben ist. Ein Haufen Asche, verkohlte Balken und eine zu einem Klumpen zusammengeschmolzene Melkmaschine. Mehr hat die Feuerwehr nicht retten können. Alle neun Kühe und die acht Schweine – verbrannt. Der Anblick des Haufens tritt Gefühle in mir los. Ich spüre, dass ich einmal kräftig den Kopf schütteln sollte, damit die anderen einen Eindruck von dem bekommen, was in mir los ist. Bevor ich aber meinen Kopf schütteln kann, muss ich meinen Hut vom Kopf nehmen, denn wie sähe das sonst möglicherweise aus, ich schüttle meinen Kopf und der Hut fällt ab! Alle würden gucken, einige vielleicht sogar lachen; unmöglich, erst muss der Hut vom Kopf. Der Hut ist aus Kuh, genau wie ein gewisser Prozentsatz der Asche vor meinen Augen, solche Gemeinsamkeiten fallen mir immer auf. Beides ist aus Kuh und sagt trotzdem nicht mehr muh.

Mit dem Hut in der Hand kann ich mit dem Kopf schütteln und stöhnen, ich glaube, die meisten haben es begriffen, ich habe meine Rolle gut gespielt. Fast alle Nachbarn sind da, dann noch zwei Männer von der Feuerwehr und ein Beamter von der Polizei. Ein Nachbar, der von meinem Schütteln besonders gerührt ist, klopft mir auf die Schulter, wobei das

Huhn in meinem linken Arm etwas nervös wird. Es ist nicht irgendein Huhn, es hat einen Namen und Nachkommen, wir lieben uns. Es ist das letzte Tier, das ich noch habe. Ich kenne es schon, seit es noch ein Ei war, und habe es selbst ausgebrütet. Natürlich nicht mit meinem Körper, ich hätte es mit meinem Hintern sicher kaputtgebrütet, aber mit professioneller Technik. Es ist das einzige Ei, das ich jemals in den Brutkasten gelegt habe.

Für die Hühner war sonst immer Melanine zuständig gewesen, sie belieferte eine Imbissbude im Ort mit Hähnchen und den Wochenmarkt mit Eiern, sie machte ihr eigenes kleines Ding, bis sie das machte, was die alte Scheune letzte Nacht gemacht hat: durchbrennen. Jetzt hat sie sowohl ihren eigenen Brathähnchenstand auf dem Markt als auch eine kleine Imbissbude in der Nähe der Fabrik und sie stinkt jetzt bestimmt jeden Abend widerlich nach Fett, die Schlampe. Sie lässt sich die frischen Tiere von meinen Nachbarn liefern, auch von dem, der mir gerade aus Mitleid auf die Schulter geklopft und Bonita erschreckt hat.

Als Huhn hätte ich auch Angst vor ihm. Bonita wird ganz wild, doch ich beruhige meinen gefiederten Engel, indem ich ihn in den Hut setze. Als meine Federfreundin wieder glücklich ist, wende ich mich an meinen Nachbarn:

«Ist nicht viel übrig geblieben von der alten Scheune», sage ich und schüttel nochmal meinen Kopf, dieses Mal heftiger, aber ohne zu schluchzen, ich sollte es jetzt nicht übertreiben. Er nickt zustimmend: «D-du hast w-wirklich Pech mit den A-a-außerirdischen.»

Außerirdische hat er gesagt, ich bin mir ganz sicher, und bedeutungsschwanger geguckt hat er. Ich schüttel meinen Kopf erneut, dieses Mal nicht wegen der guten, alten Scheune, sondern wegen meines Nachbarn. Vielleicht würde ihm eine Frau gut tun, oder ein Paar Schläge. Ich habe ihn neulich beobachtet, wie er in seinem Garten saß und ein Buch gelesen hat, nachmittags, ganz so, als ob es am Nachmittag keine Arbeit gäbe. Nur ein Paar Schläge, damit er wieder zu Sinnen kommt, nichts Ernsthaftes. Verdient hätte er sie sowieso, er hat Bonita erschreckt und auch jetzt guckt er auf mein Hühnchen im Hut, das ich auf dem Boden neben mir abgestellt habe. Und wie er guckt. Da ist mehr in seinem Blick, als in einem Blick sein sollte, wenn man ein Hühnchen im Hut anschaut. Dieser Blick muss aufhören, also stelle ich mich so zwischen ihn und Bonita, dass er sie nicht mehr sehen kann. Notgedrungen blickt er jetzt auf und mich an. «Fehlt dir etwas, ein Glas Wasser oder Schläge vielleicht?», herrsche ich ihn an.

«I-ich müsste mal auf die Toi-lette, d-dü-dürfte ich auf deine», sagt er. Es freut mich, dass er fragt. Mein Haus ist innen sehr schön und das Toilettenpapier ist sechslagig. Es sollen ruhig auch mal ein paar mehr Leute sehen, wie erstklassig ich selbst im Bad genießen kann. Bevor ich ihm aber den Gang erlaube, werfe ich einen Blick auf seine Schuhe. Sie entsprechen genau den Erwartungen, die ich an seine Schuhe hatte, sie sind billig und dreckig. Mein Haus ist das Gegenteil, soll er schön drin herum staunen, wie viel besser als er dort doch alles ist.

Nach meinem Okay geht er los und betritt meine vier Wände durch die hölzerne Verandatür. Ich habe sie in einer Zeit geschreinert, als es noch nicht modern war, seine Verandatür selbst zu schreinern, heute ist sie regelrecht en Vogue. Zunächst betrachte ich, wie schön die Tür wieder zurückschwingt, dann hebe ich Bonita wieder auf und streichele ihr über das Gefieder. Sie gluckt zufrieden. Ich würde mir von niemandem in den Hut scheißen lassen, nur von Bonita. Das ist Liebe, wahre Liebe. Wir beschäftigen uns eine Weile miteinander, wobei ich alles um mich herum vergesse, die Scheune, die Nachbarn, bis mir jemand auf den Hintern schlägt. Die Reihe der unerwarteten Angriffe von hinten will heute einfach nicht enden, erst die Schulter dann der Hintern. Was kommt als nächstes, tritt mir jemand gegen die Beine? Ich blicke die Ursache des Schlages an, es war einer der Feuerwehrmänner. «So wie es aussieht, war es ein Kurzschluss. An der Melkmaschine. Zisch und durch, dann Feuer. Das zahlt die Versicherung. Hundertpro.»

Der herbeigewunkene Polizeibeamte führt mich in meine Küche. Er kennt den Weg so genau, weil wir hin und wieder die Treffen vom Schützenverein hier machen. Ich zeige mein Haus wirklich gerne und jetzt, wo die Scheune weg ist, hab ich auch das letzte bisschen Angst verloren. Am Küchentisch füllen wir zusammen ein Protokoll aus, zwischendurch hole ich mir ein Bier aus dem Kühlschrank. Der Beamte nimmt auch eins, es ist Premiumbier. Bonita hüpft über den Tisch und pickt gegen unsere Flaschen. Sie weiß, was gut ist, das hat sie von mir. Zum Protokoll gibt es nicht viel zu sagen. Von der alten Scheune ist nicht mehr viel übrig und es war wohl ein Kurzschluss. Die Kühe sind mehr wert als die Schweine und den Wert der Scheune geben wir etwas höher an, als er tatsächlich war. Das teuerste ist sowieso die Melkmaschine. Eine Kopie des Protokolls geht an die Wache, eine an die Versicherung und die dritte bleibt bei mir. Alle Kopien müssen vom Polizeibeamten, vom zuständigen Brandleiter der Feuerwehr und von mir unterzeichnet werden. Mit allen drei Kopien in der Hand gehe ich in den Garten, um sie von der Feuerwehr signieren zu lassen. Der Polizeibeamte schlägt vor, so lange bei Bonita zu bleiben und auf sie aufzupassen. Es ist okay, denn er ist auf der Seite von Recht und Ordnung. In der Küche wird er keine Geheimnisse entdecken, die Geheimnisse sind mit der Scheune Vergangenheit geworden.

Im Garten bin ich von den dortigen Vorgängen nicht weniger überrascht als die beiden Feuerwehrmänner von meinem frühzeitigen Erscheinen. Scheinbar dachten sie wohl, dass das mit dem Protokoll etwas länger dauern würde. Egal, so lange sie davon ausgehen, dass es ein Kurzschluss in der Melkmaschine war, gehe auch ich davon aus, dass es bei ihnen ein Kurzschluss war und nichts anderes. Als sie ihre Hosen wieder anhaben, unterschreibt der Ranghöhere die Protokolle, sein Gesicht ist so rot, wie seine Uniform. «Ein Kurzschluss», sage ich und gehe zurück zum Beamten. Eine offene Dose Mais steht auf der karierten Tischdecke auf dem Tisch, Bonita und er essen abwechselnd von einem Löffel, den er führt. Der Beamte hat seinen Job gut gemacht, auf ein Huhn aufpassen kann er. Wir verabschieden uns voneinander und wünschen uns alles Gute. Ob er es ernst meint, weiß ich nicht, ich aber habe gelogen. Durch das Fenster kann ich sehen, wie er rückwärts mit seinem Streifenwagen von meinem Hof fährt und dabei so hart gegen einen parkenden, grünen Mercedes stößt, dass sich dessen Kofferraum öffnet. Er steigt aus, fühlt sich aber unbeobachtet und fährt dann doch weiter. Rechtfertigen muss er sich nicht und ich mich auch nicht. Es war alles ein Kurzschluss. Schön, dass der Stress jetzt vorbei ist.

Ich setze Bonita für ein halbes Stündchen in den Kühlschrank, was ich täglich mache, damit sie länger frisch bleibt und da sie dort gut aufgehoben ist, habe ich etwas Zeit für mich. Diese Zeit sollte ich für Körperpflege nutzen, denn wenn man ein gutes Haus hat, sollte man sich dessen auch würdig erweisen, also ins Bad. Ich öffne die Tür zum Badezimmer und finde meinen Nachbarn. Er kauert zitternd in der Badewanne und obwohl er bekleidet ist, läuft Wasser aus dem Hahn. «Die Feuerweh-, die Feuer-, die ...wehrmänner! A-a-Alles... durch das Fenster, alles ge-seh-hen, SIE! Sie auch. Psst. Sie auch! Getarrrrnt, zu, viel zu gut getarrrrnt! AUS-SER-IR-DI-SCHE», stammelt er. Ich gehe ans Waschbecken und wasche mein Gesicht, schneide Fingernägel und Barthaare, lasse ihn währenddessen weiterstammeln. Irgendwann sind mein Haus und ich mit meinem Äußeren zufrieden. Auch Bonitas halbe Stunde ist vorbei und es gibt für heute nichts mehr zu tun.

Während mein Huhn und ich gemütlich am Tisch sitzen und die Dose Mais zu Ende bringen, fällt drei Mal der Strom aus. Hoffentlich merkt mein Nachbar bald, dass das mit dem

Haartrockner und der Wanne dank FI-Schalter nicht klappt und hoffentlich entdeckt er dann das Rasiermesser, der Verräter. Soll meine Ex doch sehen, wo sie ihre Hähnchen zum Braten zukünftig herbekommt, von mir sicher nicht.

4 DIE RECHNUNG, BITTE.

Vieles ist immer Routine. Es wird so viel im Kreis gefahren, dass einem davon schwindelig wird. Immer die gleichen Stecken, immer dieselbe Geschwindigkeit und die gleichen gottverdammten Werbetafeln am Rande. Auf einer Tafel steht Wochenende, auf anderen steht Urlaub, Puff oder Kneipe. Morgens Wecker, abends Tagesschau und immer die gleichen Meldungen. Zugunglück, Diktator, demonstrierende Gewerkschaften, gestorbene Helden, verlogene Politik, dann Sport und am Ende das Wetter, von dem Mist in der firmeneigenen Zeitung ganz zu schweigen. Wenn *rationalisiert* werden muss, dann kümmert es niemanden auch nur einen Scheißdreck, ob du, von mir aus hundertmal in Folge, Angestellter des Monats warst und deine Fresse aus dem Printprodukt in die Welt glotzen durfte.

Mein Betrieb stellt Schrauben her, alle Größen. Es sind gute Schrauben, sie haben einen Namen, nicht nur in Deutschland, auch in Serbien, den USA oder Japan tragen sie Bilder, halten Werkteile zusammen oder werden von Mafiosi als Foltermethode in Kniescheiben geschraubt. Die gleichbleibende Qualität wird international geschätzt, deutsche Industrienorm, ein gesunder Kreis.

Ich arbeite in Halle vier. Es ist die einzige Halle, in der keine Helmpflicht besteht, da nur Qualität geprüft und nicht gefertigt wird. Eigentlich sind wir aus Halle vier schon seit Jahren überflüssig. Die Maschinen arbeiten mittlerweile so gut, dass Fehler in der Produktion bereits während der Herstellung festgestellt und die Maschinen sofort gestoppt werden. Nur ein deutsches Amt verlangt die menschliche Nachkontrolle, die Norm muss eingehalten werden. Uns, den wenigen Gewinnern dieses Systems, soll es recht sein. Mehr noch recht ist mir, dass ich keinen Helm tragen muss und meine Haare zeigen kann. Als ich noch in Halle zwei in der Produktion stand und meine Haare den ganzen Tag unter einem gelben Deckel lagen, war ich weniger glücklich. Heute gebe ich mir morgens mehr Mühe, benutze Haarschaum und ein Tonic für mehr Volumen. Sie schauen mich auf der Arbeit seit dem anders an, da ist Neid in ihren Blicken, und wenn ich nach Hause komme, muss ich die Annika seltener schlagen. Sie macht immer alles gleich, kein Bild hängt schief und es ist staubfrei. Früher sagte ich ihr oft, dass sie nicht gut genug die Ordnung gehalten hat, und habe sie bestraft. Natürlich ging es mir eigentlich darum, dass sie zu sehr in diesem Kreis ist, zu viel Ordnung schafft und mir keine Ausfahrt aus meinem Kreis anbietet, aber sie hätte es nicht verstanden, darum versuchte ich es genau anders herum. Heute kann ich meine Haare zurechtmachen, und es fällt mir leichter, ihr zu verzeihen.

Um dreizehn Uhr gibt es das Signal zur Mittagspause. Es durchbricht das Rattern des Fließbandes für exakt eine Stunde. Das Mittagsangebot in der Kantine ist ebenfalls ein Kreis. Jeden Tag kannst du aus zwei echten Gerichten und einer vegetarischen Mahlzeit wählen. Montags sind die Gerichte

Schnitzel mit Bohnen oder Erbseneintopf mit Brot. Die vegetarische Mahlzeit ist dann Bohnen mit Brot, denn im Erbseneintopf ist immer Wurst. Dienstags steht auf dem Speiseplan Bratwurst mit Kartoffelsalat oder Sauerkraut mit Kassler. Für Vegetarier: Kartoffelsalat mit Sauerkraut. Jeder Tag hat seine Gerichte, darum verlassen Paul und ich das Werk zum Essen. Seit Wochen schon gehen wir an die gleiche Imbissbude, wir werden dort mittlerweile gekannt und mit einem freundlichen Blick begrüßt. Es ist der einzige freundliche Blick, der mit etwas bedeutet. Die Quelle des Blickes heißt Melanie und sie kannte Pauls Namen, bevor sie meinen Namen kannte. Obwohl es bei Paul ganz gut läuft, hat er sich ihr einfach vorgestellt. Paul fährt nicht jedes Jahr im Urlaub in dieselbe, beschissene Ferienanlage im Harz, Paul hat Kinder, die sich ständig verändern, und er hat Hobbys. Er hat schon seinen Weg aus dem Kreis gefunden und stellte sich trotzdem meinem Ausfahrtsschild vor, bevor ich es machen konnte. Wie ich heiße, weiß Melanie jetzt auch, aber sie kannte Paul schon länger als mich. Es beunruhigt mich, überhaupt beunruhigt mich Paul. Obwohl er nicht unter Haarausfall leidet und seine Haare sehr kräftig wirken, kümmert er sich wenig um sie. Es kommt mir so vor, als seien sie ihm egal. Außerdem hat er meine Haare noch nie neidisch angeschaut. Warum kann er nicht wie die anderen sein?

Das Signal durchbricht das Rattern, es ist Zeit, einen freundlichen Blick zu bekommen. Paul ist vor mir im Umkleideraum und hat bereits seine normalen Klamotten aus dem Spind geholt, als ich den Raum betrete.

«Schön 'ne Currywurst gleich, Paul», sage ich ihm. Er erwidert mit einem Nicken, sein Blick bleibt versteinert wie immer und er beginnt, seinen blauen Overall auszuziehen. Sein Oberkörper sieht trainierter aus, als meiner jemals aussah. Am liebsten würde ich ihm Schrauben hineinbohren. Sie müssten so lang sein, dass sie durch den Brustkorb kommen und leicht in die Lunge stechen, ohne sie zu zerreißen. Vielleicht so dreißig bis vierzig Schrauben und dann langsam ausbluten lassen.

«Heute zahl' ich, ich hab Geburtstag» sagt Paul im Gehen, als wir fast am Imbiss angekommen sind. Auch Paul hat also einmal im Jahr Geburtstag. Vielleicht ist er ja doch gar nicht so schlimm, vielleicht ist sein gutes Leben nur eine Tarnung. Mit dem Wissen, gleich eine Currywurst umsonst zu bekommen, läuft es sich die letzen Meter anders als sonst. Es ist fast so, als würden meine Schuhe andere Geräusche auf dem Kiesweg machen. Heute muss ich nicht bezahlen. Vielleicht werde ich noch eine zweite Cola trinken und noch Mayo auf die Pommes nehmen. Wenn Paul schon bezahlt, dann aber auch richtig.

Paul bestellt sich ein Hähnchen und eine Sprite. Ich bestelle eine Currywurst mit Pommes rotweiß und eine Cola. Während Paul am runden Stehtisch dem gebratenen Vogel die Haut abzieht, sagt er in Richtung Melanie, dass er Geburtstag hat. «Na dann, herzlichen Glückwunsch!», sagt sie freundlich. Herzlichen Glückwunsch. Immer wieder hallt es in meinem Kopf nach. Sie hat ihm gratuliert. Sie hat mir noch nie gratuliert. Ich hatte noch nicht Geburtstag, seit wir uns kennen, aber ich habe schon zweimal beiläufig gesagt, dass meine Haare an dem jeweiligen Tag besonders gut liegen. Sie hat mir nie gratuliert. Nur ein einziges Mal *«Herzlichen Glückwunsch, das mit den Haaren ist ja toll!»* oder *«Ja, die Haare sind wirklich gut heute»* zu hören zu bekommen, ist doch nicht zu viel verlangt, schließlich essen wir hier schon eine ganze Weile. Und Paul kann sie gratulieren, dabei hat er nichts dafür getan, dass er ein Jahr älter wird. Einfach nur überlebt hat er! Ich kümmere mich wenigstens um meine Haare, pflege sie. Es ist alles unfair.

Als wir gehen wollen, sagt sie, dass Pauls Essen heute aufs Haus geht. «Schlampe!», brülle ich. «Gottverdammte Schlampe!», dann wird es dreckig, aber sie haben es verdient.

Am nächsten Tag gibt an einem anderen Ort ein Signal, ein Zeichen, Fließbänder setzen sich in Bewegung. Ich liege auf einer Wiese und beginne, die Zeitung von hinten durchzublättern, denn die Berichterstattungen über einen Amoklauf auf dem Titel sind mir zu übertrieben. Die Zigaretten schmecken heute besser. Ich weiß nicht, ob es oft vorkommt, aber zum ersten Mal in meinem Leben sehe ich in einer Anzeige, dass jemand am gleichen Datum gestorben ist an dem er geboren wurde. Paul hat bezahlt. Für alles.

5 DAS IST NICHT MEIN BETT

Das ist mein Bett. Es steht neben meinem Nachtschrank und unter der alten Lampe, die Matratze ist mittelhart. Gerons Käfig steht im Wohnzimmer, ab und zu darf er durch die ganze Wohnung fliegen, nur nicht in mein Schlafzimmer. Als Wellensittich kann er nichts dafür, dass er nicht plant, wo er hinkackt, aber ich kann verhindern, dass er es in mein Bett tut. Ich will mir nicht vorstellen, wie es wäre, wenn Geron in mein Bett gekackt hätte und ich plötzlich darin läge. Wer will schon gerne in Scheiße liegen.

Geron und sein Käfig sind die letzen beiden Gegenstände, die noch von Sybille in meiner Wohnung übrig sind. Wir hatten eine gute Anfangszeit miteinander, sie kam gerade vom Studium, war schön und hatte Antworten; es fühlte sich an wie eine wilde Teenagerliebe. Am schönsten war es, wenn wir zusammen Pilze genommen hatten, und sie mir erklärte, was ich sah und warum ich es sah. Meistens rannten wir danach nackt in einen Badesee und fickten in einem Wasser, dessen Farbe unsere Gehirne selbst bestimmten, planschten in einem farbenfrohen Meer und waren eins.

Irgendwann hatte Sybille dann beschlossen, erwachsen zu werden, in einer Gemeinschaftspraxis wurde ein Platz erst frei und dann von ihr besetzt. Wenn sie vorher Post bekam, war diese meist an Bille Wagner adressiert, jetzt kamen fast nur noch Briefe für Frau Dr. Wagner. Nicht nur ihr Name änderte sich, auch ihre Art. Sie begann mich zu analysieren, machte mir Vorwürfe, weil ich noch nicht groß war, immer noch feierte und machte und nichts machte. Als unsere Beziehung nur noch nach Luft schnappend am Boden lag, versuchten wir eine letzte Wiederbelebungsmaßnahme. Noch einmal wie früher an den See fahren, Pilze nehmen und Teenager sein. Ich hatte die Pilze besorgt, mit Frau Dr. Wagner wollten die richtigen Leute lieber nichts mehr zu tun haben.

«Was willst du noch mit der Ollen, die hat doch 'n Vogel?», fragte mich Günter, als er mir die zehn Gramm abwog und in Alu einwickelte. «Er heißt Geron», antwortete ich, steckte das kleine Päckchen in meinen Schlüpfer und ging. Ich hatte nie Angst, von der Polizei angehalten zu werden, steckte eigentlich den ganzen Kram immer einfach in die Tasche, aber an dem Tag wollte ich es einfach wissen. Den Weg nach Hause legte ich zu Fuß zurück. Mit jedem Schritt konnte ich das Alu zwischen Schwanz und Sack fühlen, manchmal meinte ich sogar, das rascheln hören zu können. Es ist viel auffälliger, wenn man seine Drogen versteckt, als wenn man sie einfach in der verschlossenen Hand hält. In jedem Autospiegel und in jeder reflektierenden Scheibe, an der ich vorbeikam, überprüfte ich, wie auffällig ich aussah, stellte aber jedes mal nur fest, dass ich für einen Mann doch sehr gut aussah. Natürlich gibt es auch Stellen, die optisch nicht so ideal sind, aber die sind meist unter Kleidung versteckt und selbst wenn nicht, schäme ich mich nicht für sie.

Nach dem Handel zu Hause angekommen, wartete Sybille

bereits mit einem gepackten Picknickkorb. Wir hatten sonst nie einen Picknickkorb, was sollte dieser Arschpicknickkorb und vor allem, wo hatte sie dieses Glanzsymbol der Spießigkeit plötzlich her? War ihr der vielleicht aus dem Rücken gewachsen, als sie plötzlich Frau Doktor Wagner wurde oder hat das neue Leben ihr dieses Teil ins Gesicht gekotzt? Fest stand, dass das ihr Picknickkorb war, nicht unser Picknickkorb und ganz bestimmt nicht meiner. Im Picknickkorb dann zwei Bananen, Weingläser und eine Flasche Wein, Weizentortillas mit irgendwas gefüllt und ein kariertes Deckchen. Erst Karriere, dann karierte Deckchen. So alt wollte ich nie werden. «Auf zum See», sagte ich.

Ich öffnete Sybille die Beifahrertür, den Korb hielt ich in der linken Hand. Als ich selbst auf dem Fahrersitz Platz nahm, ließ ich den Korb neben dem Auto stehen, Sybille war damit beschäftigt, mit einem Tuch die Frontscheibe zu wischen und bekam es nicht mit. Der Bass aus den Lautsprechern war wie immer lauter als das Motorengeräusch, auch wenn ich dieses Mal schneller fuhr als sonst.

«Wo ist der Korb?», fragte Sybille, als wir am See aus dem Wagen stiegen. Sie schaute dabei wie eines dieser Tiere mit den riesigen Augen. Es gefiel mir, sie so zu sehen, schutzlos. Wir küssten uns, dann war sie ruhig. Hand in Hand gingen wir ans Ufer, das Wetter ging absolut mit und klar, ohne Korb war die kleine Sybille nicht mehr erwachsen, aber sie war auch kein Teenager, sie war viel mehr Kind und ich fühlte mich, als wäre ich ihr Vater, ein völlig neues Gefühl. Als ich in meiner Unterhose nach den Drogen kramte, bekam ich leichte Schuldgefühle, die stärker wurden, als ich ihr eine gute Menge davon in den Mund drückte. Dann war ich an der Reihe zu schlucken. Wenn man so viele Pilze schluckt, wie ich sie brauche um drauf zu kommen, dann ist das für den Magen nicht angenehm. Es steht von Anfang an fest, dass diese Pilze nochmal ans Tageslicht kommen werden, aber erst, wenn sie ihren Wirkstoff abgegeben haben. Es dauert immer eine Weile bis zum Eintreten der Wirkung, wir nutzten diese Zeit, um uns ausgiebig anzuschweigen. Uns wurde klar, dass wir die Vergangenheit nicht zurückholen konnten, dann schlugen die Dinger ein...

Sybille heult. Das kleine, achtjährige Mädchen neben mir heult schwarze Tränen. Ich versuchte sie zu trösten, sie zu streicheln, aber ich konnte die Wucht in meinen Händen nicht kontrollieren und so war es mehr ein Schlagen. Sie schreit. Ich kann die Welt um mich nicht mehr deuten. Kleine Sybille. Flennend zieht sie erst sich, dann mich aus, wirft sich dann auf den Boden und schlägt auf ihn ein, steckt sich Hände voller Erde in den Mund und spuckt sie mir entgegen. Ich stelle mich hin und ziehe sie an den Beinen ins Wasser. Das Wasser ist schwarz, Sybille strampelt in ihm. Kurzzeitig zerfließt sie in der Flüssigkeit, ich kotze die Pilze wieder aus. Das Mädchen umklammert mich, greift unter Wasser nach meinem Schwanz und will ihn sich einführen, aber er wird nicht hart. Ich werde kein Kind ficken. Ziehe mich ans Ufer, bleibe liegen und zucke...

«Wir sollten uns neu orientieren», sagte Sybille, dann zog sie aus. Sie hat jetzt keinen Vogel mehr, ich durfte ihn behalten.

Neulich habe ich sie in einem Café gesehen, sie küsste sich mit einer Frau. Kurz darauf sah ich die andere Frau wieder, es war im Fernsehen in einer Reportage über Dominas.

Meine Matratze wird jetzt von verschiedenen, anderen Frauen mitbenutzt. Nichts Festes, diese Sicherheit brauche ich nicht. Nur eines ist sicher: Schwarzes Wasser ist nicht mein Bett.

6
CATWOMAN

Für die Begutachtung nimmt sie sich eine Weile Zeit, dann lässt sie den Gummizug meiner Boxershorts zurückflippsen und sagt: «Oho.»

«Oho?», frage ich, äffe dabei die Art nach, mit der sie beim letzten o die Stimme angehoben hat und sie nickt. Dann greift sie nach meiner linken Hand und führt mich in einen anderen Raum. Hier sind ein Paar grüne Sofas, in der Mitte steht ein Tisch und auf dem liegen Lesezirkelzeitschriften. «Warte hier», sagt sie, verschwindet aus dem Raum und verschließt die Tür hinter mir.

Da stehe ich nun, nur in Boxershorts in diesem wartezimmerähnlichen Raum. Es ist ein Raum, vor dem meine Eltern mich immer gewarnt hatten, kalt und unklar, was danach kommt. Der raue Stoff des Sofas, auf dem ich mich niedergelassen habe, kratzt etwas an meinem Bein, was ich irgendwie sehr sinnlich finde. So ein raues, sinnliches Sofa möchte ich auch haben. Rau und sinnlich, wie eine Katzenzunge. Ich habe das Gefühl, eine nackte Catwoman würde an meinen Beinen rumlecken. Eine gutaussehende Frau in einem genau so schwarzen Lederdress wie das der Frau, die mich in den Raum gebracht hat, nur eben mit einer rauen Katzenzunge. Um das Gefühl noch zu verstärken, wackel ich etwas mit den Beinen und schließe meine Augen. Mein Körper baut aus meinem Schlüpfer ein Zelt, hoffentlich kommt sie nicht jetzt wieder in den Raum. Obwohl, sie hat es ja eh schon gesehen, aber mit Blut gefüllt ist es doch noch etwas anderes, etwas Intimeres.

Um mich wieder runterzubringen, springe ich von Catwoman ab, lehne mich an die kalte Wand und blättere in der Emma. Sie bringen dort einen stark bebilderten Bericht über die skrupellosen Machenschaften von Kosmetikfirmen und deren Tierversuche – Antilatte-Programm à la carte. Wirkt.

Noch fünf Minuten stehe ich so und lausche dem leisen Mauzen des Sofas, dann kommt die echte Frau in schwarz endlich wieder und holt mich ab. Nachdem sie mir die Augen verbunden hat, reicht sie mir einen Kirschlolli, den ich lutschen darf. Während ich das tue, führt sie mich an der Hand über zwei Flure in einen Raum, der wesentlich wärmer ist als der vorherige. Dort schnallt sie mich an irgendeinem Gestell fest, das ich nicht erkenne. Meine Augen lässt sie verbunden. Ich glaube, dass ich mittlerweile nackt bin, kann es aber nicht genau fühlen, es ist alles so neu. Vom Flur her höre ich erst die Schritte von mehreren Personen, kurz darauf auch die dazugehörigen Stimmen. Es sind die Stimmen von Männern. Als nächstes fühle ich skurrile Sachen, die ich so noch nicht kenn. Es tut etwas weh am Anfang, aber ich habe einen Lolli im Mund und gewöhne mich schnell, außerdem streichelt sie mir die ganze Zeit über meinen Kopf. «Das ist fast besser als Jagen», sagt eine der Männerstimmen und einige andere Männer im Raum lachen.

Wie lange ich da so liege, weiß ich nicht, ein bis zwei Stunden vielleicht, dann verstummen die Männerstimmen langsam und werden durch das Geräusch von Schritten auf dem Flur abgelöst. Kurz darauf bindet die Frau mich wieder los. Die Augenbinde nimmt sie mir allerdings erst im Wartezimmer wieder ab, wo meine Klamotten auf dem Sofa auf mich warten. «Okay, es war okay», sagt sie, drückt mir vierhundert Euro in die Hand und lässt mich alleine. Ich ziehe mich wieder an und gehe durch die Nacht nach Hause. Am nächsten Tag fahre ich mittags wieder zu dem alten Haus, dieses Mal mit einem Transporter, den ich für einen Tag gemietet habe. Ich finde das Anwesen menschenleer vor und relativ schnell ein Fenster, das sich öffnen lässt. Die Räume, die ich nicht gesehen habe, will ich auch dieses Mal nicht sehen. Es wird schon alles seriös sein, schließlich haben sie im Fernsehen schon über die ganze Sache berichtet. Aber Catwoman, ich muss sie haben. Wenn ich die nächsten Tage schon nicht vernünftig sitzen werden kann, wird mir Catwoman zum Trost die Beine lecken.

7 DES PUDELS KERN

Zuerst, als ich nach Hause kam, zog die Gummistiefel aus und ich die Hausschuhe an. Ich war barfuß in den Stiefeln im Garten gewesen und hatte nachgeschaut, ob das kleine Holzkreuz wohl den Sturm überlebt hat. Der Sturm wurde von einem heftigen Regen begleitet und das Erdreich war völlig aufgelöst. Zu meiner Beruhigung stand das Kreuz noch, es war auch immer noch aus Holz.

Sobald ich die Hausschuhe anhatte, ging ich ins Badezimmer. derart schmutzig waren meine Hände, dass ich Reste von dunkler Erde mit einem Zahnstocher zu entfernen hatte. Ich hatte im Garten das Kreuz wieder gefunden, es markierte die Stelle, an der ich Benno von Kotz begraben hatte.

Von Kotz war ein guter Hund, ein Rassehund. Er bewachte das Haus und bellte alles an, sogar meine Kleidung. Wenn ich nackt war, war er mir gegenüber ruhig und ich konnte ihn auch davon überzeugen, mein Bett nicht anzubellen. Alle anderen Gegenstände mochte Benno nicht und so lebten wir in einem leeren zweistöckigen Haus ohne Kleider und Möbel, nur mit einem Bett, das wir teilten. Zumindest Benno lebte gänzlich ohne Kleidung. Ich hingegen behielt es mir vor, eine kleine Kiste mit Anziehsachen im Garten zu haben, um bei Besorgungsgängen nicht ganz aus der Reihe zu fallen. Unbekleidete Menschen werden häufig nicht bedient.

Das Badezimmer hatten wir auf zwei Löcher beschränkt. Das eine war in der Decke und es kam Wasser raus, wenn man wollte. Dieses Duschloch benutzte nur ich. Das zweite Loch war im Boden, dort machten wir beide rein. Da wir den Keller nicht nutzten, war uns egal, wo das von uns gemeißelte Loch hinführte. Vernünftige Menschen brauchen keinen Keller, um dort eine Leiche zu haben, vernünftige Menschen haben einen Garten. Es ist nie was zwischen von Kotz und mir gelaufen, wir schliefen wie Freunde zusammen im Bett und wenn ich intim träumte, leckte von Kotz nicht die Flüssigkeit auf. Wir waren ein Team, bis Benno eines unerwarteten Todes starb. Es war eines Morgens, so ein Morgen, mit dem man einfach nicht rechnet. Eigentlich ganz gewöhnlich. Man hörte die Kinder zur Schule gehen, konnte etwas Licht durch die braune Schicht auf dem Fenster sehen und alles war soweit normal. Benno war gerade sein morgendliches Geschäft erledigen und muss dabei irgendwie ab- und in das Loch gerutscht sein, wo er noch kurz bellte, dann blubberte und zuletzt verstummte.

Ich wollte meinen Freund nicht in Scheiße begraben wissen, das versteht jeder, der selbst mal einen Freund gehabt hat. Nachdem ich es nicht geschafft hatte, Benno mit einer Gartenkralle durch das Bodenloch ins Bad zu heben, öffnete ich das erste Mal in meinem Leben die Tür zum Keller. Ich habe natürlich keine Gasmaske, es gibt ja auch keinen Schrank, um diese aufzubewahren, also hatte ich mir mit Klebeband einen Schlüpfer vor dem Mund befestigt. Klebeband habe ich im Schuppen, dort ist etwas Platz für solche Spielereien und der Schlüpfer lag in der Gartenkiste. Wenn ich heute sage, dass mir im Leben zweimal die Scheiße bis zum Hals stand, dann meine ich mit beiden Malen diesen einen Tag, denn nachdem ich das erste Mal durch meine Privatkanalisation gewatet war und den leblosen Körper von Benno von Kotz aus den Fluten gefischt hatte, musste ich mich und Benno im Bad vor der Beerdigung reinigen. Als die letzten Bröckchen aus meinem Haar und seinem Pelz gespült waren, wollte ich den Köter über dem Loch auswringen. Da ich viel Seife benutzt hatte, war des Hundes Oberfläche sehr glitschig und er nahm zwischen meinen Händen Reißaus, landete wieder unten. Tot war mir Benno irgendwie unsympathisch, aber ich entsann mich der guten Zeit und rettete und reinigte ihn erneut, nur auf das Auswringen verzichtete ich, da ich auch feststellte, dass er sich dadurch eigenartig verformt hatte.

Als ich nun, nachdem der Sturm vorbei war, im Garten nach dem Kreuz schaute, war es noch da, aber ich war neugierig geworden, ob Benno selbst wohl auch noch da sei und so fing ich an, ein wenig zu buddeln. Zunächst noch etwas behutsam und verlegen, dann aber, von der Neugier angestachelt, immer inbrünstiger. Der Erdhaufen neben mir wurde größer und die Erdschicht, die mich von meinem zweimal gefallenen Kameraden trennte, wurde dünner und dünner. Wenig später sah ich einen weißen Zipfel, der zweifellos zu der Plastiktüte gehörte, in welcher ich den Hund begraben hatte. Sie war schnell geborgen und ich nahm sie mit in mein Haus, wo ich mir die Hausschuhe anzog und mir die Hände reinigte. Jetzt hatte ich Zeit für Benno.

Ich ging mit der Tüte in das letzte Zimmer, das seit dem Ableben von Kotzs noch unmöbliert ist. Falls er doch noch etwas mitbekommt, sollte er sich nicht direkt erschrecken. Ich schüttete den Inhalt des Sacks direkt unter das Fenster. Was zum Vorschein kam, sah tatsächlich nach Hund aus, nur irgendwie nicht wie Benno. Als ich Benno das letzte Mal gesehen hatte, hatte er definitiv Augen, außerdem konnte man nie Bennos Brustkorb beim Anblick seines Rückens sehen. Etwas musste passiert sein, irgendjemand hatte meinen Kameraden durch ein enorm hässliches Exemplar ausgetauscht. Nachdem die Polizei mir trotz genauer Schilderung der Umstände nur mit schallendem Gelächter weiterhelfen wollte und mir, als ich ihnen erbost von der Relevanz meines Problems berichte, auch noch mit körperlicher Staatsgewalt drohte, gab ich es auf. Sie ist nicht mein Freund und Helfer, mein Freund und Helfer wurde durch ein gänzlich nicht apartes Etwas ersetzt. In den folgenden fünf Monaten setzte ich wöchentlich folgende Anzeige in alle möglichen Zeitungen und Magazine:

«Derjenige, der Benno von Kotz aus meinem Garten entführt und durch sein hässliches Kind ersetzt hat, möge sich möglichst schnell unter meiner Telefonnummer mit mir in Verbindung setzen, damit wir die ganze Sache wie echte Männer regeln können.»

Um sicher zu gehen, dass ich den Entführer auch erwischen würde, wenn es kein Mann ist, schaltete ich noch eine Anzeige mit dem Inhalt: «Pinkes Damenfahrrad umsonst an Frau abzugeben, die nachweislich Hunde entführt.»

Auf die zweite Anzeige meldete sich sogar eine Person, aber es war eine Angestellte eines Kosmetikkonzerns, die zwar beruflich ständig Hundediebstahl betrieb, aber diese nie durch etwas anderes ersetzte, weil sie, wie sie sagte, jedes Tier nutzen könne, um daraus tolle Schminke zu machen.

In der Zwischenzeit wurde der von Kotz-Ersatz zwar meinem Benno nicht ähnlicher, dafür aber seinem Nachnamen. Mittlerweile habe ich es aufgegeben, dass mein Fall bei Aktenzeichen XY vorgeführt wird und ich sehe keine Chance mehr. Mit einem Kehrblech hebe ich die Reste des Haufens in der Ecke auf, wickel sie in ein kariertes Deckchen und werfe das Bündel meinen neuen Haustieren durch das Loch im Boden zu. Die Ratten freuen sich fiepend über die Abwechslung im Speiseplan, ich freue mich über gar nichts mehr. Zum dritten und letzten Mal in meinem Leben öffne ich die Kellertür. Die Ratten freuen sich fiepend über die Abwechslung im Speiseplan. Die kleinen Zähne kitzeln ein wenig. Vorbei, gleich ist es

8 SPERRMÜLL

Es war zwar eine lange und durchfeierte Nacht, aber da als Bebreitungsmittel eigentlich nur Alkholmixturen mit diversen Prozentzahlen dienten, war es dennoch eine relativ klare Nacht. Dieses wusste auch der Himmel zu schätzen und zeigte, wie schön klar er seinerseits sein konnte. Der Mensch sollte Beruf und Freizeit trennen und wenn ich schon meinen Lebensunterhalt mit dem härteren Scheiß verdiene, dann muss ich nicht auch noch damit feiern. Ich fuhr an jenem Abend mit dem Fahrrad nach Hause und schaute mehr nach oben in Richtung der Sterne als in irgendeine andere Richtung, außerdem fuhr ich gegen einen geparkten PKW, der sich jedoch nicht beschwerte. Da keiner drin saß, beschwerte sich auch sonst niemand, und ich setzte meinen Weg von da an etwas vorsichtiger fort, schaute nur noch zu fünfzig Prozent nach oben. Zwischenzeitlich machte ich allerlei Pausen. Immer, wenn ich an einer bequem wirkenden Bank vorbeikam, setzte mich kurz und rauchte zur Begrüßung der langsam aufgehenden Sonne. Auf der dritten Bank überlegte ich mir kurz, es mir vor Ort selbst zu machen, und sinnierte über die Vor- und Nachteile. Eigentlich geht es in meinem Leben nur darum, jede Art von Stress zu vermeiden. Mir war klar, dass ich definitiv wichsen würde. Im Bett wichsen hat den blöden Nachteil, dass man die Bettwäsche früher waschen muss, will man sie nicht irgendwann in die Ecke stellen können. Dinge waschen müssen ist Stress. Auf einer öffentlichen Bank zu wichsen hat den Nachteil, dass man ein bisschen mehr die Augen aufzuhalten hat. Beim Wichsen Augen aufhalten müssen ist aber auch Stress. Letzten Endes wurde mir die Entscheidung vom Zeitungsjungen abgenommen, der gerade rund um meine Bank seine Verteilerpflichten erledigte und von einem höflichen Mann auf einen Drink eingeladen zu werden versucht wurde. Da mir ihre Gespräche zu stressig wurden, setzte ich meinen Weg fort und rauchte auf dem Fahrrad weiter. Den Rauch meiner Zigaretten pustete ich so in Richtung Atmosphäre, dass er wirkte, wie die Abgase des großen Wagens am Himmel und ich hielt mich einmal mehr für einen tollen, aber unerkannten Aktionskünstler.

Kurze Zeit später erreichte ich mein Wohnhaus. Eigentlich dauert die Zeitspanne zwischen dem Abstellen meines Fahrrades im Hinterhof und dem Betreten meiner Wohnung nie länger als drei Minuten, aber dieses Mal waren es andere Umstände. Der Weg in den Hinterhof war ganz normal, der Weg aus dem Hinterhof heraus war auch nicht ungewöhnlich, aber gerade als ich mich anschickte, die Haustür aufzuschließen, bemerkte ich einen Menschen auf der Haustürschwelle.

Da sich mein Flachmann in meiner Innentasche befand, versuchte ich, mir diesen Menschen vor meiner Tür wegzutrinken, bemerkte aber sehr schnell, dass nichts wegzutrinken war, weil dieser Mensch nicht meinem Gehirn sondern lediglich der nervigen Realität entsprang. Die hellen Piepsgeräusche, die dieser Mensch machte, als er mit einem Zahnstocher in die Ritzen zwischen einzelnen, den Gehweg formenden Steinen stocherte und die langen, türkisgefärbten Haare ließen vermuten, dass es sich um ein Mädchen handelte. Man hat heute das Glück, dass man Menschen anhand ihrer Kostüme leicht ihrer Gang zuordnen kann. Dieses Mädchen musste einer Technogang entsprungen sein, sie trug die typischen Kuhmuster und Plüsch, die geweiteten Pupillen und außerdem die zur Uniform gehörenden Buffaloschuhe. Trotzdem zeigte sie einem außerordentlichen Wortschatz, als ich sie ansprach. Auf die Frage wie sie denn hieße, antwortete sie, sie sei DangerDanni, die Königin des Dancefloors und dass sie Hunger habe. Außerdem sei sie müde, wolle bei und mit mir schlafen und zudem wissen, wer ich denn sei. Ich sagte, dass ich GefahrenGünter sei, der Admiral des Schützenfestes. Sie sah so aus, als würde sie jeden Moment einschlafen und da am übernächsten Tag Sperrmüll war, hielt ich es für besser, sie mit in meine Wohnung zu nehmen. Sie sah so aus, als brauchte sie noch mindestens siebzig Stunden, um sich wieder alleine Fortbewegen zu können, womöglich wäre sie von irgendeinem Angestellten der Stadtreinigung eingesammelt und nebst diverser, ausrangierter Möbel in einem Müllwagen zerquetscht worden. Es tut gut, den Tag schon vor dem eigentlichen Beginn mit einer guten Tat zu starten. In der Wohnung setzte ich sie in die Küche und fragte, ob sie auch einen Tee wolle. Sie aber verneinte, und meinte, sie bräuchte jetzt einen Energy-Drink, um wieder klarzukommen. Hatte aber keinen Energy-Drink. Hatte nur Tee. Also machte ich ihr auch einen und, um ihrem Wunsch zumindest etwas zu entsprechen, warf eine Batterie zu dem Tee in ihre Tasse. So hatte sie wenigstens einen Energy-Tee. 1,4 Volt. Was Härteres hatte ich nicht, höchstens noch Speed oder Ecstasy, aber sie sah nicht so aus, als ob sie noch genügend Geld hätte. Während sie langsam trank und zwei Toastbrote aß, die ich ihr zubereitet hatte, schnitt ich verschiedene Teile von Menschen aus Zeitungen aus, um dieses Mädchen als Kollage auf Papier zu bannen. Ich brauchte richtig schäbige, billige Zeitschriften, um ihr ansatzweise nahe zu kommen. Just in dem Moment als ich türkise Haare gefunden hatte, klingelte mein Telefon. Auf dem Display stand BrokeBackBernd. Der Name ist äußerst passend, denn erstens mag Bernd lieber Jungs als Mädchen und zweitens hat er sich bei einem Unfall den back gebroken und kann seither nicht mehr gut laufen. Ich nahm das Telefon in die Hand, drückte die Rufannahmetaste und sprach rein: «TomatenToni hier. Was gibt's Bernd?»

Bevor ich eine Antwort von Bernd hören konnte, hatte ich plötzlich eine Scheibe Toastbrot im Gesicht, das Telefon fiel mir vor Schreck aus der Hand. «Du Arschloch!», schrie DangerDanni mich an. «Du hast mich angelogen! Du bist gar nicht der GefahrenGünter von dem alle reden. Lockst mich hier in deine Wohnung und gibst mir eine verdammte Batterie zu trinken, ja, und ich denke, okay, das ist GefahrenGünter, der ist cool, und jetzt, ey, du Plastikhirn, fick Dich!»

Dann stand sie auf, setzte sich in die offene Spülmaschine und fing an zu weinen, während ich die Scheibe Brot aß. Erneut klingelte das Telefon, wieder war es BBBernd. Was denn bei mir los sei, wollte er wissen und ich erzählte ihm alles, untermalt vom Schluchzen der Danni. Als Bernd dann sagte, dass «die Alte» wie er sagte, nicht ganz sauber sei, wollte ich ihr nur helfen. Ich warf einen Tab in das Tabfach der Spülmaschine und Danni guckte mich dankend an, als ich die Maschinentür schloss. Ein Kurzspülen dauert vierzig Minuten und reichte vollkommen. Die vorher blasse Danni hatte richtig Farbe bekommen, sie war jetzt sehr rot und dampfte. Ihre Haare waren nicht mehr matschgrün sondern schön blond, was allerdings bedeutete, dass ich mit meiner Collage von vorne beginnen musste. Ärgerlich, da ich schon so viel Mühe rein investiert hatte.

Seit dieser klaren Nacht werde ich das Mädchen nicht mehr los. Sie möchte meine Spülmaschine nicht mehr verlassen, hat dafür aber keine Lust mehr auf Energy-Drinks oder Essen und sie weint nicht mehr. Sie hockt einfach nur zusammengekauert da, während ich Drinks für zwei trinke, telefoniere auf den nächsten Sperrmüll warte, um meine defekte Spülmaschine loszuwerden. Dass ich in Wirklichkeit Gefahren-Günter heiße und eigentlich nur BrokeBackBernd am Telefon veräppeln wollte, verschweige ich ihr tapfer.

9

LIEBER TEE TOUJOURS UND ANDERE LÜGEN

Die Lehren des Yoga verkünden: «Wenn unser inneres Wesen ausgeglichen ist, sind wir auch im Äußeren ruhig und gelassen». So steht es auf meiner Yogi Tee-Verpackung. Es handelt sich um Black Chai Tee. Die Verpackung kommt in elegantem Schwarz daher, Black Chai ist geschwungen, in Karamellfarben auf Vorder- und Rückseite aufgedruckt, darunter zwei Zimtstangen, etwas Ingwer, ein Teelicht im gläsernen Teelichthalter und eine gefüllte Teetasse mit einem bunt geschmücktem Elefanten mit vier Armen. Der Elefant trägt eine Krone auf dem Kopf, in einer Hand hält er ein goldenes Hackebeil, in einer anderen ein Seil, welches zu einer Schlinge gebunden ist. In der dritten Hand hält er blühenden Knoblauch oder etwas Ähnliches. Die einzige freie Hand ist seine untere, Rechte. Es sieht so aus, als wolle der Elefant damit einen LKW zu einer Verkehrskontrolle anhalten. Wenn mich ein Elefant im Verkehr mit dieser Geste anhalten würde, ich würde bestimmt nicht weiterfahren. Obwohl der Elefant eine McHammer Ballonhose trägt, strahlt er eine ausgesprochene Autorität aus, wie er da so sitzt, Stopp anzeigt und sich mit seinem Rüssel in die linke Brust kneift. Auf der linken und rechten Seite der Verpackung steht einiges Wissenswertes über Yogi und Yoga und irgendwas mit ayurvedisch. Es muss eine gute Welt gewesen sein, damals, als der ganze Kram erfunden wurde. Ich glaube, man kann der Verpackung trauen. Sie wirkt seriös und trägt das offizielle Biosiegel der europäischen Union.

In meiner Wohnung ist es nicht einfach, das innere Wesen auszugleichen. Von oben dröhnt ein viel zu lauter Fernseher durch die Decke und links neben mir wird akustisch demonstriert, dass zwei Menschen öfter als achtmal am Tag exzessiv lauten Sex haben können. Keine Kulisse für Entspannung. Wenn alles zu laut wird, schalte ich die Dusche ein und setzte mich auf den Teppich im Badezimmer. Der große Yogi Bhajan soll auch oft hinter dem Wasserfall meditiert haben. Meistens aber mache ich meine Übungen außerhalb meiner Wände. Ich wohne im günstigsten Wohnviertel, was bedeutet, dass hier die ungünstigsten Menschen leben. Hartz IV erlaubt eben keine Lebensqualität. Die Gründe liegen in meiner Jugend. Totalabschuss statt Schulabschluss, keine Lehre und die Leere gefüllt mit Exzess. Aber ich war schon immer stark. Stark, als meine Eltern in den Hassfeuern der Kahlköpfe vorzeitig zu Asche wurden, stark, wenn Heimleiter Rassbergen mich in sein Büro zitierte und seine Leere gleichzeitig mit der Leere in meinem Arsch füllte, stark, als sie mich schlugen, weil mein Name mit Ö anfängt. Kurz vor dem Abgrund hab ich umgedreht, das letzte bisschen Gehirnpampe hinter meinen Augen zusammengekratzt und aus dem Zug raus. Mit viel Glück bekommst du einen Therapieplatz und irgendwer reicht dir die Hand. Jetzt clean seit eintausendsiebenhunderteinundsechzig Tagen, acht Stunden und vierzehn Minuten. Hartz IV statt Beschaffungsmaßnahme, ein im

Vergleich relativ weiches Bett, nur die Wände drumherum sind zu sehr Papier, um zwischen ihnen Ruhe zu finden. Also raus in die Natur.

Zu Fuß ist nur ein Park wirklich zu erreichen. Der Bus ist zu teuer, meine letzten zwei Fahrräder wurden spätestens nach zwei Wochen gestohlen. Ich selbst stehle nicht mehr, irgendwann muss Konsequenz her. Dass der Park auch von allen anderen aus meiner Wohnsiedlung zu erreichen ist, merkt man schnell. Die Kiddies mit ihren bassbefreiten Ghettoblastern namens Handy kommen zum Glück nicht hier her, sie haben mehr Spaß im Parkhaus und an Bushaltestellen. Generation Beton. Sie sind im Beton groß geworden, sie wollen da auch spielen. Streetcredibility erfordert die ständige Nähe zur Straße, jeder braucht irgendwas, an das er glauben kann. Sie glauben den Werbetafeln in der Bushaltestelle und ich der Verpackung einer bescheuerten Gewürzmischung zum Wasseraufguss für Hippies. Ich würde niemals behaupten, dass ich auch nur einen Zentimeter des Kinderheimes vermissen würde, es war mein persönliches St. Quentin. Es gab dort einen Arzt, der viermal meinen Schließmuskel nähte, ohne mir irgendwie zu helfen. Aber die Lage war gut. Die Lage war verdammt gut. Mitten im Wald. Es gab einen unpassierbaren Zaun um das Kinderheim, NATO-Draht gesichert, aber innerhalb des Zaunes gab es etwa achthundert Quadratmeter Wald. Alle wollten dort immer nur Verstecken spielen, jeder für sich, und hoffen, dass keiner sucht. Eine hat versucht, es über den Zaun zu schaffen. Sie hatte nicht nur mit dem Personal, sondern auch mit den

Jungs zu kämpfen. NATO-Draht ist so scharf und die Haut junger Mädchen so dünn, es hatte sich an zwei Stellen in ihren Oberarm gefressen, an dem sie mehrere Stunden hingt, denn nachmittags kam tatsächlich nie jemand zum Suchen. Im Endeffekt hat sie die Flucht geschafft, nur dass sie ein anderes Ziel erreicht hat. Später gab es eine Andacht im Heim, als einziger Moslem musste ich draußen bleiben. Es war mir recht, es gab nichts zu betrauern.

Heute kann ich mich frei bewegen und einfach so in den Park gehen, leider auch die anderen. Sie sehen so aus, wie ich jetzt auch aussehen könnte, wenn ich nicht stark wäre. Sie liegen in ihren eigenen Exkrementen auf der Wiese und sind endlich mal mehr Opfer als ich. Ihre pochenden Adern und ihre ständig nichts mahlenden Kiefer, sie sind Versager. Ich wünschte, sie kletterten auch mal über einen Zaun.

Ich suche mir eine ruhigere Ecke und breite meine karierte Decke aus. Auf sie setze ich mich im Schneidersitz und mache meine erste Übung, Feueratem. Ein kräftiger, schneller Atem vom Nabelpunkt. Beim Einatmen den Bauch bewusst einziehen, das Ausatmen geschieht automatisch. Langsam beschleunige ich den Atem, bis ich fließend zwei- bis dreimal in der Sekunde durch die Nase atme. Kurz vor Abschluss der Übung Schreie in der Nähe, der Effekt sofort verflogen. «Wenn unser inneres Wesen ausgeglichen ist, sind wir auch im Äußeren ruhig und gelassen.» Aber wie soll sich hier irgendein Wesen ausgleichen?

Ich stehe auf und suche den Quell des Lärms. Die aufgezogene Dunkelheit erschwert mir die Sicht. Ich sehe zwei Opfer, von denen eines Täter ist. Er schreit immer wieder *Schlampe*, sie wimmert *hör auf, Benno.* Irgendwann hört Benno auf. Er lässt die Flasche fallen und von den Resten ihres Gesichtes ab, dann durchsucht er ihre verlotterte Hose, holt den Stoff raus und bringt ihn in seinen Körper, wonach er sich auf ihren Bauch legt und einschläft.

Wenn nur alle gegenseitig für Ruhe sorgen würden, es wäre eigentlich gar nicht so schlecht hier. «Yogi Tee Sweet Chili schenkt gute Laune und weckt unsere Lebensgeister. Seine leicht verführerische Schärfe, gepaart mit anregenden Gewürzen, lässt die Seele singen und die Beine tanzen.»

10
RUHIGE NÄCHTE

In einer normalen Nachtschicht befinden sich in unserer Klinik keine Ärzte. Die Flure sind dunkel beleuchtet und keiner rutscht auf den PVC-Böden aus. In dieser Zeit haben wir Nachtschwestern die Pillendosen der Patienten nachzufüllen. Wir füllen Karteikarten aus und kümmern uns liebevoll um die wenigen Patienten, die den Schwesternruf betätigen. Ansonsten trinken wir jede Menge Kaffee oder Rotbusch- und Yogitee, rauchen auf dem Balkon und versuchen, Kreuzworträtsel zu lösen. Lateinisch für *ich* bleibt dabei immer *ego* und die Zuflüsse der Donau heißen Isar, Iller, Lech oder Inn. Es ist eine schöne Idylle, nächtliche Krankenhausromantik, welche nur durch Notfälle und Notzugänge beschmutzt wird.

Eine ruhige Nacht ist eine Nacht ohne diese Vorkommnisse und äußerst selten. Im Sommer oder Winter sind die Menschen viel mit gefährlichen Sachen beschäftigt oder sie betrinken sich, was auch gefährlich ist. Es gibt also vielleicht alle vier Nächte mal eine ruhige Nacht. Im Herbst oder Frühling müssen die Leute sich an den Wechsel gewöhnen und passen besser auf sich auf. Es gibt dann mehr ruhige Nächte, aber immer noch nicht viele. Zwei ruhige Nächte am Stück gibt es selten und der bisherige Rekord an aufeinanderfolgenden, ruhigen Nächten liegt bei vier. Er wurde vor drei Jahren von Anne und Heike aufgestellt. Die beiden Miststücke geben zu jeder Gelegenheit damit an und verkünden, wie toll sie doch seien. Dabei klopfen sie sich oberhalb des Busens auf die Brust und machen feminine Tarzangeräusche.

Gestern aber haben Irmgard und ich diesen Rekord eingestellt und befinden uns jetzt in unserer fünften Nacht. Die Nacht, die uns zu den brustklopfenden Tarzaninnen machen könnte. Vor zwei Tagen, in unserer dritten Nacht, hatten wir noch Späße darüber gemacht, dass es sein könne, dass diese fünfte Nacht kommen würde, wobei wir uns beide gegenseitig nicht wirklich ernst nahmen, doch jetzt ist es bittere Realität. Manchmal in der Nacht, wenn es ruhig ist, ziehen wir uns die Kittel der Chefärzte an und tun so, als hätten wir Penisse. Vor drei Nächten standen Irmgard und ich so in Arztkitteln voreinander, hielten unsere Zeigefinger von innen durch den Hosenschlitz und lachten. Dann sagte Irmgard, sie wolle mir einen blasen, kniete sich vor mir hin und rieb mit ihrer rechten Hand ihren linken Zeigefinger, während sie meinen, so weit sie konnte, in den Mund nahm und die Zunge um ihn gleiten ließ. Wir verharrten so eine Weile, dann stand Irmgard wieder auf, fasste mir an die Titten und sagte, dass ich einen verdammt kleinen Penis hätte. Es war wie ein Erdbeben für mich, so erschüttert war ich, taumelte auf die Toilette, um meine Tränen mit Toilettenpapier aufzusaugen. Das nasse Papier klatschte wie ein vollgesogener Schwamm ins Pissoir, mein Makeup war hinüber.

Am nächsten Tag wurde ich wach, als meine Tochter von der Schule nach Hause kam und die Kühlschranktür etwas zu laut zuschlug. Ich fragte sie, ob mein Penis zu klein sei und streckte ihr meinen Zeigefinger entgegen. Sie antwortete nicht, sondern machte Hausaufgaben, bei denen ich ihr nicht helfen konnte. Entweder ist sie erwachsen geworden oder ich habe mittlerweile den Sand im Arsch. Als ich dennoch versuchte, ihr bei ihren Deutschhausaufgaben zu helfen, schickte sie mich weg. Sie sagte, sie dürfe sich bei ihrem Lehrer keine Fehler erlauben, sonst würde sie gefressen. Kinder werden so schnell erwachsen, die Kleine kommt bald in die vierte Klasse. Ich sollte sie erwürgen, aber ihr Hals nur äußerlich zart, innen sind Knochen.

Bevor ich am Abend wieder zur Arbeit ging, zog ich meinen Mann an seinem Ärmel in unser Schlafzimmer und legte seine Hand auf meinen Busen. Dann steckte ich ihm meinen Finger in den Mund und fragte auch ihn. Er sagte: «Schatz, wenn du tatsächlich einen Penis hast, dann ist er wirklich klein, sogar so klein, dass ich ihn noch nie gesehen habe», was komisch klang, weil er meinen Finger noch im Mund hatte. Wie ich allerdings mit der inhaltlichen Aussage umgehen sollte, ob ich mich vielleicht von ihm trennen sollte, weiß ich immer noch nicht. Er sollte mich und meinen Penis auf jeden Fall so akzeptieren, wie wir sind, und vielleicht etwas mehr für seine Karriere tun, anstatt dreimal in der Woche abends zum Schützenverein zu rennen. Jetzt allerdings ist auch nicht die Zeit, sich darüber Gedanken zu machen, denn es ist die fünfte Nacht.

Der Druck lässt das Herz nicht richtig schlagen, alles in der Brust ist etwas zusammengezogen und tut weh. Die Augen sind abwechselnd auf das Telefon und auf das rote Notfallblinklicht gerichtet. Keine Worte durchschneiden die Stille, sie würden sowieso direkt auf den Boden fallen. Die Luft ist zu dünn. um sie zu tragen. Leichte Worte wie Efeu, Wanne oder Seil hätten vielleicht eine Chance, aber Rotkäppchen und Backfisch würden sicherlich direkt auf den Boden klatschen und die Putzfrauen müssten dann die Buchstaben wegfegen. Ich sehe kurz auf meinen Arm, verfolge den Lauf der Adern bis zu den Fingerspitzen, aber spüre den Drang, nicht weiter meinen Körper, sondern wieder das Telefon anzusehen. Irmgard trommelt mit den Fingern einen Rhythmus auf den Tisch, aber man kann ihn nicht hören. Ich würde sie jetzt gerne etwas fragen. Ich vermute, dass ihre Hände kleiner sind als meine. Ihr Ehering ist wahrscheinlich teurer als meiner, dafür lebt mein Ehemann noch. Ich hätte es trotzdem lieber andersherum. Die Spannung der Nacht sitzt auf mir, es fühlt sich an, als äße ein fetter Amerikaner seinen zwölften Bic Mac auf meinem Schoß und man fürchtet, er könne plötzlich losrülpsen. Ich entscheide, ihn von mir zu werfen, indem ich aufstehe, alleine schon, um keine Thrombose zu bekommen. Wuchtig klatscht er zu Boden. Man kann es weder hören noch sehen, aber er hält sich an meinen Beinen fest, macht jeden Schritt zur Kaffeemaschine zu einer Tortur. Ich nehme Abstand vom Kaffee und greife stattdessen zum Tee, um bei Sinnen zu bleiben. Mit der Teetasse in der Hand schaue ich auf die rote Leuchte, dann auf das Telefon und zuletzt auf Irmgard, die ähnlich leblos wirkt. Wir haben schon sechs Stunden hinter und noch drei vor uns, die Karteikarten sind geschrieben und die Dispenser bestückt. Das fette, angebrannte Spanferkel, das nicht aufhören wollte, zu weinen, ist mit Valium ruhig gestellt und es wird hoffentlich nichts mehr zu tun sein. Ich reiße mich aus der Situation, trete den Amerikaner in die Ecke und schaue aus dem Fenster.

Eine Stunde lang nichts, nur zwei Autos und ein Besoffener, der die englische Nationalhymne brüllt. Ein paar Zweige bewegen sich, von links kommt ein Passant. Ein roter Kombi hält neben ihm. In der Dunkelheit ist schwer zu erkennen, ob das Auto tatsächlich rot ist, aber andere Farben würden sicherlich anders aussehen. Zwei Personen verlassen das Fahrzeug, der Passant versucht, sich loszureißen, fällt aber angestochen zu Boden. Das Fahrzeug samt Insassen fährt weiter. Ich schaue zu Irmgard. Sie lässt das erste Mal von Telefon und Rotlicht ab, als sie meinen Blick fühlt. «Willst du einen Kaffee», frage ich sie und sie nickt. «Ich glaube, es ist eine ruhige Nacht», sage ich, als ich ihr den Becher reiche und mich zu ihr an den Tisch setze. «Weißt du», sagt sie dann, und sie hat zum ersten Mal diese Falten auf der Stirn: «wenn man einen großen Penis hat, ist das vielleicht ein Grund, darüber froh zu sein, aber es ist kein Grund, stolz darauf zu sein, denn man hat ja nichts dafür getan. So ist das auch mit den ruhigen Nächten»

Ich brauchte etwas, um das alles zu verstehen, dann antwortete ich. «Ich glaube, mit den Nächten ist das was anderes, wir haben schon Einfluss darauf.»

«Ja, vielleicht metaphysisch», sagt sie und ich stimmte ihr zu. Die Nacht geht ruhig zu Ende und wir als Heldinnen nach

Hause. Ich schlage dort *metaphysisch* im Lexikon nach und wünschte, ich könnte meine Zustimmung zurücknehmen. Der Zeitung am nächsten Tag stimmte ich jedoch zu, als sie sagte, es sei *ironisch*, dass jemand direkt vor einem Krankenhaus nach einem Überfall verblutet ist. Vielleicht ist es immer so, dass des einen Rekord des anderen Untergang ist, denke ich und lege mich zu meinem Mann ins Bett.

In der nächsten Nacht schaffen wir es nicht, den Rekord auf sechs Nächte auszubauen, stattdessen ist die Hölle los und die Gegend um unser Dorf wird durch die Medien in der ganzen Welt bekannt.

11
OHNE WAFFEN

Bis zu einem bestimmten Punkt war es ein großartiger Abend. Für die Anwesenden. So großartig, wie so ein Abend nämlich immer ist. Wochenende für Wochenende und in den Ferien auch noch Mittwochs zieht der Abglanz solch eines Abends die Scharen der Teenager aus den umliegenden Dörfern mitten in dieses Flachdachgebäude, umgeben nur von Wald und unübersehbar durch die Reklame, die in die unschuldigen Wolken projeziert wird.

Die überschaubare Menge tanzte sich fleißig den Babyspeck von den Rippen, junge Männer und junge Frauen grinsten sich bierseelig an und eigentlich war alles so, wie es in der Dorfdisko immer ist. Hin und wieder wurde

in E
c
k
e
n
gekotzt und

mit Weinbrand-Cola, oder *Charly*, wie sie es hier nennen, der Rachen wieder sauber gespült. Wenn Charly eine Person wäre, dann müsste man ihn verklagen, bei so vielen Gehirnzellen, die er schon auf dem Gewissen hat, und bei so vielen Kindern von Minderjährigen, deren heimlicher Vater er ist.

Die Jungs, die ohnehin keine Chance auf andersgeschlechtliches Fleisch hatten, standen am Kicker, um wenigstens da etwas in ein Loch zu kriegen, und auf der Mädchentoilette wurden in Pärchen Pubertätspickel überschminkt und getratscht. *Hast du Mark gesehen? Ja, sieht ganz schön sweet aus mit der Mütze. Ja. Hihihi.*

Wundervoller Normalzustand.

Doch plötzlich stand, irgendwo zwischen Bar und Tanzfläche, dieser gottverdammte Bär inmitten der jungen Leute. Und wir reden hier nicht von einem Werbegag von Puschkin-Wodka oder von einem zum falschen Zeitpunkt verkleideten Karnevalsopfer, nein, es war tatsächlich ein echter, gottverdammter Bär. Ein Kostüm, das so echt ausgesehen hätte, gibt es vielleicht in Hollywood, aber kein Ort war zu dieser Zeit weiter von Hollywood entfernt als das Innere dieser Diskothek. Denn, was hier passierte, war echt.

DJ BjörnBombasik, der den Bären von seiner DJ-Kanzel als erster entdeckt hatte, drehte sofort die Musik runter, sodass Macarena von Los del Rio verstummte. Während ein kleiner Teil der Menge auf der Tanzfläche das Ende der Musik gar nicht mitbekam, da sie sich so oder so immer gleich bewegten, griff Björn geschockt zu seinem Mikrofon, durch das er eigentlich immer nur flotte, animierende Sprüche oder Geburtstagsglückwünsche brachte, und sagte schockiert folgenden, knappen Satz: «Leute! Vorsicht! Da steht ein Bär, ein echter Bär!»

Als nach dieser Durchsage die Musik nicht wieder begann und der DJ hinter seinen CD-Spielern verschwunden war, hielt ein Teil des Partyvolkes die Ansage für einen Witz; und da an Orten, an denen eine Briefmarke neidisch auf die Flachheit des Niveaus ist, auf jeden Witz reagiert wird, begann ein Teil der Masse zu singen. *Da steht ein Bär auf dem Flur, ein echter Bär auf dem Flur* und immer mehr und mehr stimmten ein *und der ist nieeeedlich! ...*

Was der Bär dann allerdings tat, war nicht niedlich, denn halten wir mal fest: Ein Bär ist ein Bär. Ein Bär, der im Wald ein Nickerchen hält oder seinen Nachwuchs in den mächtigen Pranken hält, mag niedlich sein. Aber ein Bär in einer Diskothek im künstlichen Neonlicht unter stark alkoholisierten Jugendlichen, die alle ein Lied über Bären singen, ist erstens skurril, zweitens tragisch und drittens unglaublich viel stärker als alle anderen.

Zuerst riss der Bär eine blutjunge Schönheit, die sich zum Tanzen ein grünes Kleid angezogen hatte und deren kurzes, blondes Haar unter einer Mütze versteckt war. Entweder hatte der Bär einen guten Geschmack oder es passte ihm nicht, dass das Mädchen ihn mit einem Sessel verwechselte. Ich schätze ja, es war eine Mischung aus beidem. Das grün des aufreizenden Kleides färbte sich schwarz, als der Bär an etwas knabberte, das er aus ihrem Oberkörper entfernt hatte. Während die noch nicht zerkaute Menge des Mädchens immer kleiner wurde, verhielten sich die Gesänge des Partyvolkes gegensätzlich und wurden immer lauter. Die Blicke auf das DJ-Pult gerichtet und in der Hoffnung, durch möglichst kreatives Kollektivgeschrei den Meister der Musik wieder aus seinem Versteck und an seine Tonkonserven locken zu können, bekamen sie von dem einzigartigen Naturschauspiel hinter ihren Rücken herzlich wenig mit. *Heeeey, heeeeey babeeeeeeeee ... i wanna knoooohoooow, where is DJ Björn ...*

Erst als der Bär sein Interesse an dem schmackhaften Mädchen verloren und an herberem Jungenfleisch entdeckt hatte, kippte die Stimmung. Der Bär nämlich griff dem neunzehnjährigen Lukas von hinten an den Hals, der sich durch die Krallen des Bären öffnete. Lukas hatte die Diskothek betreten, um seine Körperflüssigkeit unters Volk zu bringen. Damit, dass ihm das auf so drastische Weise gelingen würde, hatte er selbst nicht gerechnet. Viele auf dem Tanzflur merkten, dass sie von etwas angespritzt wurden und so brachen erst die Gesänge ab, dann entstand Gemurmel bis zu einer Stille, die nur von vereinzelten, panischen Schreien durchschnitten wurde. Plötzlich wussten alle: Da steht ein Bär auf dem Flur, ein echter Bär auf dem Flur, und er ist alles, aber nicht niedlich.

Eine kollektive Bewegung entstand, Flucht nach draußen. Ein Bär gehört nicht in eine Diskothek. Trotzdem machte er das Beste aus seiner Situation, nämlich fressen, denn der Winter war nah und Speck war noch nicht genügend auf seinen Hüften. Schmatzend saß er da und fühlte sich wie im Paradies. Es wird ja angenommen, dass Bären Menschen lieber meiden, aber dieser ging seinen Weg. Warum auch nicht, er war ja schließlich stärker.

Die Leute, die ins Freie flüchteten, mussten zwei vom Bären enthauptete Türsteher passieren, um auf dem Parkplatz noch auf Ronny zu treffen, dem ein Arm fehlte und der darüber nicht sehr glücklich war. Insgesamt war es durch das viele Blut eine sehr rutschige Angelegenheit; Karin brach sich sogar ein Bein, weil sie im anatolischen Türsteherblut erst das Gleichgewicht verlor und dann vom Anblick eines herumliegenden Kopfes so geschockt war, dass sie es auch nicht wieder fand.

Diese Gegend wäre ein idealer Platz für Bären. Der Wald ist groß und böte, wenn nicht so viel gejagt werden würde, ein großes Nahrungsangebot. Es gibt einige Dörfer in der Nähe, dann noch ein eingezäuntes Kinderheim für Problemfälle in der in Mitte des Waldes, aber trotzdem noch genügend Hektar, die für Bären bewohnbar sind.

Als Aktivist für Tierrechte bin ich der Meinung, dass ruhig mal ein paar mehr Bären rausgehen und ihre Meinung sagen sollten. Wenn sie dabei die Sprache der Menschen benutzen und Gewalt als effektivstes Mittel für einen Diskurs wählen, dann: warum nicht!

Meine Gruppe jedenfalls wird eine Demonstration gegen den Schützenverein veranstalten, der noch in derselben Nacht die Diskothek gestürmt und den Meister Petz kaltblütig ermordet hat, während dieser satt war, schlief und Lichtflecken der Diskokugel seinen braunen Pelz streiften.

12
DIE WWWEITE WELT

Ein edler Tropfen. Er liegt nussig im Mund und hat einen Abgang aus Schokolade und herber Erdbeere, kaum anzunehmen, dass so etwas in Argentinien gereift ist. Argentinien ist weit, aber nicht unerreichbar, zu jeder Stunde geht irgendwo aus Deutschland ein Flug dorthin. Kurz ins Internet, einen Flug raussuchen, ein Hotel buchen, vielleicht noch einen Platz im Zug zum Flughafen reservieren und schon bin ich in nicht mal achtundvierzig Stunden da. Eigentlich sollte man ja mal gucken, wie so eine gute Traube sich vor Ort entwickelt.

Klick.

LCC24.

Wahrscheinlich noch am ehesten von Frankfurt aus, das ist doch der größte Flughafen. Also, mal gucken. Buenos Aires, ... EZE also, ... gut.

Von: FRA
Nach: EZE

|Suchen| Klick.

Direktflüge hin und zurück für zusammen knapp tausend-dreihundert Euro. Gar nicht mal so schlecht.

Klick.

Youtube.

Total verrückt. Was die Jugend heute so von sich preisgibt. Es scheint kein Pfurz mehr gemacht zu werden, ohne dass ein Feuerzeug und eine Kamera dahinter gehalten werden. Rosetten gehören doch irgendwie nicht auf digitale Speichermedien. Hier wird sowas nie passieren. Oha! Autsch! Wie kann man sich so das Bein verdrehen?

Alt+TAB.

Siebenundsechzig Prozent. Noch acht Minuten, dann ist das Rheinard Mey Album fertig. Spitze!

Alt+TAB. Klick.

Gmx.

Vielleicht ist was gekommen. Zwei Neue. Spam. Nichts Neues. *Man lebt nur einmal, probieren sie es aus!* Was hätte ich davon, das auszuprobieren?! Soll ich gucken, ob ich, wenn ich tot bin, wirklich tot bin, oder ob es dann noch einen zweiten Versuch gibt? *VIAGRA, sie wird schreien.* Vielleicht. Okay. Aber wer ist sie? Als Spam markieren. In zwei Stunden werde ich wieder Mails mit demselben Betreff erhalten haben.

Klick.

Amazon.

Hallo Franz Rassbergen! Wir haben Empfehlungen für Sie. (ausloggen)
Mehr zu entdecken! Sie haben sich angesehen: Die 120 Tage von Sodom Gebundene Ausgabe von D. A. F. Marquis de Sade
Früher war es schwerer, an dieses Buch zu kommen, wirklich schwer. Irgendwas wollte ich doch bestellen.
Klick. Klick. Klick.
Anleitung zum Unglücklichsein Broschiert von Paul Watzlawick
Schrott. Überflüssig. Wieso eine Anleitung dazu?! Irgendwie aber interessant. *In den Warenkorb.* Klick.

Blick.

Aus dem Fenster. Wenn die Kinder hier nicht spielen, ist der Wald wirklich schön ruhig. Die Ältesten hier sind fünfzehn, mit sechzehn kommen sie in die Stadt in betreute WGs. Viele kommen später in den Knast, ich kann es nicht verstehen. Von mir bekommen sie nur Liebe beigebracht, einige schaffen es sogar und haben dann richtige Familien. Die Wolken bedeuten nichts Gutes. Vielleicht zieht ein Gewitter auf. Noch ein Schluck Wein. Wirklich gut.

Klick.

Wetter.

Keine Unwetterwarnungen. Regenrisiko allerdings bei einundachtzig Prozent. Zwei Stunden gebe ich dem Himmel noch, spätestens dann bricht er.

Klick.

Spiegel Online

Dalai Lama über die Kriese «Jeder liebt Geld»
Fiese Fresse. Hat der nichts Vernünftiges zum Anziehen? Der hätte mal bei mir aufwachsen müssen, dann wüsste der jetzt was von Recht und Ordnung.

Alt+TAB

Endlich ist das Album fertig. *Entpacken nach Eigene Dateien/Eigene Musik/Mey, Reinhard* Klick.
Track 7 Doppelklick. *Liebe ist alles (live)*

Repeat on

Alt+TAB

Schicksalsschläge um Meltinhausen nehmen kein Ende Nach Amoklauf in Imbissbude greift ein Bär an
Na an mir liegt das sicherlich nicht! Wer hier großgezogen wird, schraubt bestimmt nicht harmlosen Menschen irgendwas in den Körper, was da nicht hingehört. Und mit den Bären, das liegt bestimmt am Klima. Da weiß die Natur ja nun nichts mit anzufangen. Noch ein Schlückchen, ah, ganz fantastischer Wein.

Klick.

Youporn.

Suche: german teen Linksklick mit rechtem Zeigefinger
Suche: redhead anal Linksklick mit rechtem Zeigefinger
Suche: amateur first threesome Linksklick mit linkem Ringfinger
Suche: hidden cam teen Linksklick mit rechtem Zeigefinger
Suche: Taschentuch. Rundblick mit beiden Augen
Aus den Boxen: *«Es ist die immer neue pathetische Filmszene/in ew'ger Wiederkehr/Liebe ist alles, Liebe ist mehr!»*

Aus einem Flur: Lärm. Lärm zur Schlafenszeit. Ich nehm den Gürtel mit. Für Recht und Ordnung.

Klick.

Windows wird heruntergefahren.

Flüge nach Argentinien wurden heute nicht gebucht.

13 GENAU BENOMMEN

Eigentlich sollte das Hohleisen in ihrer rechten Hand markierte Flächen auf der Platte aus Linoleum ausschaben. *Sie ist immer so ein ruhiges Mädchen in der Kunstschule und bekommt Privatunterricht, man kann sie problemlos für ein Stündchen alleine arbeiten lassen,* dachte sich Kunstlehrerin Siekhorst, als sie aufbrach, um noch ein paar dringende Besorgungen zu machen. *Schließlich machen wir Linolschnitt seit sechs Unterrichtseinheiten und die Kleine hatte nie Probleme mit dem Werkzeug, schien in ihrer konzentrierten Art sogar eine besondere Nähe dazu entwickelt zu haben. Mit Pinseln hatte sie jedenfalls weniger Spaß.*

Wenn man ein Puzzle zusammensetzt und am Ende feststellen muss, dass ein wichtiges Teil fehlt, dann ist das ärgerlich. Das Puzzle ist dann nur ein wertloser Haufen ineinander passender Pappfetzen, ein widerlicher Anblick für Leute, die es genau nehmen. Marie-Louisas Eltern sind solche Leute, sie nehmen es genau. Und das Kind ist in ihren Augen so ein wertloses Puzzle, ein fehlerhaftes Bild, zusammengepuzzelt aus der DNA ihres Vaters und der ihrer Mutter.

Es war schon auf den Ultraschallbildern zu erkennen, dass da etwas fehlt. Eine Hand macht vielleicht ein Prozent des Körpers aus, aber es ist eine sichtbare, bildprägende Stelle des Körpers. Ein Blinddarm, eine Niere, eine Rippe oder ein Lungenflügel sind egal, darüber befinden sich noch Unter-,

Leder- und Oberhaut, die den Mangel kaschieren, aber eine Hand ist eine Hand. Sie hat die Aufgabe, Dinge zu greifen und zu halten, rein praktisch, aber ästhetisch muss sie auch Licht reflektieren und für Symmetrie im Gesamtbild sorgen. Alle lieben Symmetrie.

Als klar war, dass die Hand im Mutterleib nicht mehr wachsen würde, war es für eine Abtreibung bereits zu spät. Zu oft hatte die Klatschpresse schon das kugelrunde Fleischbehältnis der ungeborenen Existenz abgelichtet und ihm belanglose Worte gewidmet. Das Behältnis an sich war eigentlich egal, es interessierte nur, wegen der Person, die dieses gefüllt hatte. Ein Skandal wie eine Abtreibung war, wenn man es genau nimmt, schlimmer, als eine Tochter zu haben, der eine Hand fehlt. Image ist alles, das Management dankt.

Seit ihrer Geburt ist ihr ein Doppelleben aufgezwungen. In der Öffentlichkeit wird sie mit einem großen Haufen voller Liebe zugeschissen, hinter der Mauer allerdings liegt sie dank Puzzelteilmangel im Papiermüll und hat auf Entsorgung zu warten. Ihr kaputtes Bild ist nicht gewollt, die komplette Nichtexistenz privater Fotos von ihr dokumentiert es. Richtige Entsorgung wäre wieder ein Skandal, und, wenn man es genau nimmt, irgendwo am Rande auch noch Straftat. Die Notlösung also: Weiterreichen des Artefaktes. In den privaten Kindergarten. In den privaten Musikunterricht. In den privaten Sprachunterricht. In die private Kunstschule. Alles privat, alles eins zu eins Betreuung von ausgewählten Personen, nie Kontakt zu Gleichaltrigen. Hauptsache, sie erzählt nichts von zu Hause. Und wenn, dann den richtigen, ausgewählten Leuten.

Leuten, die auf der Gehaltsliste stehen. Erkauftes Schweigen. Image ist alles, das Management dankt.

Vielleicht liegt es daran, dass sie nur eine Hand hat, um ihre Welt zu erfühlen, jedenfalls scheint ihr inneres Fühlen ausgeprägter zu sein. Sie weiß mit ihren elf Jahren eine Menge mehr als andere Kinder in dem Alter, könnte Menschen auf deutsch, englisch, spanisch, französisch, polnisch und auf lateinisch begrüßen, könnte sich in denselben Sprachen über Tiere, das Essen, das Wetter und über Körper unterhalten, wenn sie denn Kontakt zu ihnen hätte. Sie könnte mit ihrer geformten, sopranen Stimme begeistern, wenn sie die einstudierten Teile der Carmina Burana vorsänge und könnte im Museum kunsthistorische Debatten führen und einen Chagall der Anfangszeit in Petrograd von einem Chagall der Amerikazeit unterscheiden. Nur wissen, wie man spielt, konnte sie nicht, es gab niemanden, der ihr es beigebracht hätte. Trotzdem fühlte sie, dass da mehr war als Bücher und Lehrer, fühlte, warum ihre Eltern sie nur selten und knapp anschauten, und, auch wenn es ihr niemand jemals gesagt hat, kannte sie den Grund. Sie war nicht vollständig. Sie hatte viel über Ästhetik gelernt; in der ganzen Moderne wurde Ästhetik gelehrt, gelebt und geliebt. Ein ästhetischer Körper ist symmetrisch, ohne Symmetrie kein goldener Schnitt. Sie wusste, weil sie fühlte, wusste, dass sie asymmetrisch war und sie wusste, dass es etwas wie Liebe gibt. Liebe, die sie nicht bekam, die ihr aber als Frucht zweier Eltern durchaus zustand. Wenn sie malte, dann versuchte sie sich an sinnvollen Formen. Sie malte erst eine Seite des Objektes, zeichnete dann eine Spiegelline und komplettierte schließlich die Form, drückte aus, was sie sein wollte, auf Papier. Komplett. Gespiegelt. Verzweiflung in den Augen.

Bei den wenigen öffentlichen Auftritten hat sie nicht verstanden, warum Muttermensch und Vatermensch sie plötzlich an sich drückten, warum sie nach ihrer Hand griffen und gemeinsam mit ihr in Kameras winkten, warum ihr Vater sie auf den Arm nahm und seinen Mund an ihre Wangen drückte, aber es fühlte sich gut an. Als sie lernte, dass es sich um Liebe handelt und Liebe von Symmetrie abhängt, fasste sie ihren Entschluss.

In der Chirurgie wird mit sterilen Werkzeugen gearbeitet. Die meisten Keime sterben bei großer Hitze. Wissen, das Marie-Louisa endlich einmal nützen sollte, als sie den Wasserkocher von Frau Siekhorst einschaltet. Wenn das Wasser sonst sprudelt und sich die Mechanik automatisch abschaltet, wird es in zwei Tassen geschüttet. In der einen befindet sich dann Instantkaffee und in der anderen ein Teebeutel mit Früchtetee. Dieses Mal fließt das Wasser über fünf Bleistifte und ein Hohleisen, die meisten Keime müssten jetzt tot sein. Ein Kabelbinder kurz über der Stelle, wo eine Hand anfangen sollte, an der bei ihr aber nur ein Stummel ist, soll verhindern, dass sie zu viel Blut verliert. Sie weiß wirklich eine Menge.

Das Mädchen setzt sich auf einen runden Schemel. Der Wunsch nach Liebe lässt den Schmerz verstummen, der entsteht, als sie sich das erste Loch mit dem Hohleisen bohrt. Einfach nur durch die Haut zu kommen, reicht nicht, sie muss es bis in das Ende des Unterarmknochens schaffen, um

Stabilität zu gewährleisten. Das Hohleisen hat genau den richtigen Umfang, der erste Bleistift passt perfekt und sitzt stabil. Mit der Genauigkeit eines Uhrmachers bohrt sie die restlichen vier Löcher, das letzte davon schräger als die anderen, hier soll in Kürze ein Daumen entstehen. Das Blut, das doch fließt, wischt sie immer wieder mit einem Trockentuch fort. Als das Gerüst fertig ist, greift sie nach der Fimo Modelliermasse. Ihre feine Hand modelliert sich eine feine Hand, ein kongruentes Spiegelbild der bereits existierenden. Sie ist schnell, sorgfältig und erfolgreich. Keine Stunde hat die Operation gedauert, das symmetrische Mädchen strahlt, als es die Spuren beseitigt.

Als Frau Siekhorst den Raum wieder betritt, sitzt das Mädchen wie vorher am Tisch. Vor dem Kind die Lenoliumplatte, das Hohleisen in der rechten Hand. *Verwöhnte Göre, überhaupt keine Fortschritte gemacht, kann man doch nicht alleine lassen*, denkt Frau Siekhorst. «Hast du etwa keine Lust gehabt, Marie-Louisa?»

Das Kind lächelt anstatt zu antworten. «Warum hast du denn nichts gemacht? Hast du denn keine Lust gehabt?», fragt Frau Siekhorst nochmal, nun aber eindringlicher. Sie denkt an ihre eigene Kindheit. Wenn sie die Möglichkeiten der kleinen, verwöhnten Marie-Louisa gehabt hätte ... Sie hatte nicht einmal Puppen und nur eine Stofftasche für ihre Schulsachen. *Ich würde meine Hand für ihr Elternhaus geben, dummes, verwöhntes Ding.* Zorn steigt auf. «Was zum Teufel hast du denn die ganze Zeit getrieben?»

Das Mädchen hebt ihren linken Arm aus ihrem Schoß und

streckt der Kunstpädagogin die neue Hand hin, ein Meisterwerk, das in unter einer Stunde mit dem Einsatz vollster Überzeugung entstanden ist. Dort, wo die Modelliermasse ansetzt, rinnt ein dünner Blutpfad heraus, als hätte sich ein normaler Mensch die Pulsader ganz leicht angeritzt, nur so zum Spaß und um mal zu schauen, was wohl passiert.

Sie ist übergeschnappt! Sie werden mich verantwortlich machen, Prozesskosten, Untergang. «Wieso hast du das getan?» Hysterisches Geschrei einer Überforderten. *Erstmal den Fremdkörper entfernen, vielleicht ist alles nur halb so schlimm, beruhige dich.*

In Panik greift Frau Siekhorst nach der neuen Hand des Kindes, welches nicht versteht. Das Mädchen wollte Liebe und ist stolz auf ihr Werk, schließlich hat sie doch Symmetrie gemacht. Sie zieht den Arm weg, und da sie die neuen Maße ihres Körpers noch nicht in ihre Bewegungsabläufe eingerechnet hat, schlägt sie mit der Hand gegen die Tischkante vor ihr. Das neue Werk ist angeschlagen, ein Finger angerochen, Modelliermasse abgeschabt. Dieser Schmerz ist größer als der der vorangegangenen Operation, Tränen schießen aus ihren schweigenden Augen. Ein Reflex aus Wut und Verzweiflung greift nach dem Rundeisen und stößt es in das Auge von Frau Siekhorst. Eine Lehrerin fällt ohnmächtig auf den Boden, das Kind schmiedet einen neuen Plan. Eine echte Hand ist besser als eine modellierte. Die von Frau Siekhorst ist zwar größer als ihre, aber sie wird ja noch wachsen, außerdem ist sie Natur. Erneut macht sich das Kind ans Werk. Dieses Mal benötigt sie etwas Operationsbesteck und einen Kabelbinder mehr als vorher. ¿Quién es asymetryczny now?

Ein weiterer Skandal geht durch die bunten Illustrierten. Eine Frau verliert ein Auge und eine Hand. Ein Kind verliert den Glauben an die Menschheit. Image ist alles, das Management zankt. Ein Künstler verliert seinen Vertrag. Eine Ehe geht zu Bruch. Eine Welt dreht sich weiter. Wie viele Puzzleteile ihr fehlen, ist nicht überschaubar, wenn man es genau nimmt.

14

PREPAID

«Du, Schatzi? Knuddelchen? Schmusibusi? Bist du schon waa-aach?» flüstere ich meiner dezent, aber dennoch saftig schnarchenden Herzdame zu, während sich mein Mund immer weiter ihren Ohren nähert. Irgendwann berühre ich schließlich mit meinen Lippen ihre geschätzten Ohrmuscheln, genauer gesagt nur eine davon, die linke. «Schatzi» sage ich liebevoll, dann laut: «SCHATZI!», und ein Ruck geht durch ihren Körper, lässt ihren Oberkörper in die Senkrechte schießen, und jetzt sitzt sie da, im Bett, und schaut mich aus ihren schlafumrandeten Augen vorwurfsvoll an. «Was'n los Karl, spinnste? Wie spät isses überhaupt?», fragt mich dann mein großer Frechdachs und ich sage: «Gar nichts», sondern ticke ihr gegen den wundervoll geschwungenen Bauch, springe dann aus dem Bett und rufe: «Du bist!»

Dann renne ich aus dem Schlafzimmer, runter in das Erdgeschoss unseres Hauses bis unser geräumiges Wohnzimmer. Dort sitzt unsere neunjährige Tochter, die gerade das sonntagmorgendliche Kinderfernsehen genießt, doch als sie mich sieht, will sie panikartig die Flucht ergreifen. Ich aber mache einen großen Satz, springe auf sie drauf und sage: «Keine Panik, Mama is! Komm, wir flüchten!»

Die Kleine zittert wie ein Hamsterbaby auf einer Autobatterie, aber damit sie uns nicht verraten kann, halte ich ihr den Mund zu. Dann öffne ich das Fenster, packe sie an Armen und Beinen und werfe sie aus dem Fenster hinaus in einen Busch, wo sie vielleicht sanft drin landet. Ich selbst springe hinterher, sammel das Kind ein, packe es mir auf die Schulter, und renne los. Erst als wir nach ein paar Minuten am Kiosk ankommen, bleibe ich stehen und stelle die Lütte vor mir auf dem Boden ab. Sie wirkt etwas entgeistert, wie sie so zu mir hochschaut, aber ich denke mal, es ist das Alter. Ist ein schwieriges Alter, not a girl, not yet a teenager. Schon Lippenstift kaufen, aber noch nicht wissen, wie man ihn sinnvoll im Gesicht verteilt. Da schaut man öfter mal entgeistert, so in dem Alter. Nützt ja alles nichts, da muss jeder durch. Ich entschließe mich, ihren blöden Blick nicht weiter zu beachten und klingel am Kioskfenster.

«Hey Keule!», werde ich von Kioskmanfred begrüßt und ich ordere mir ein paar kühle Drinks. Dann wende ich mich an mein kleines Girl: «Mama is. Musst jetzt selbst sehen, wie du da wieder rauskommst.» Ich streichel ihr durch ihr langes Haar und drücke ihr einen Zehnmarkschein in die Hand, damit sie sich ein Eis kaufen kann. Mir würde den Zehner sowieso keiner mehr abnehmen, viel zu lange gibt es schon Euro, aber einem Gör wird man ein Eis nicht ausschlagen können. Mit gutem Gewissen gehe ich gemütlich die Straße entlang und nippe hin und wieder abwechselnd an Jägermeister und Bierflasche. Dabei sinniere ich darüber, ob Oskar Lafontaine den Kommunismus wohl selbst erfunden hätte, wenn es ihn nicht schon gegeben hätte, und überlege, wie es meine Laune beeinflusst hätte, wenn Christian Klar begnadigt worden wäre. Ich komme zu folgenden Ergebnissen: Nein und gar nicht.

Gut, dass ich mir darüber Gedanken gemacht habe, denke ich und laufe eine Weile hinter dem Zeitungsburschen her. Mein Bier wird immer leerer und leerer bis es schließlich ganz leer ist, aber Jägermeister ist noch da. Der Arzt hat mir wegen der Diagnose frische Kräuter empfohlen, es kann nicht schaden, wenn ich schon zum Frühstück damit anfange. Und obwohl Kräuter so gesund sind, will der Zeitungsjunge trotzdem nichts von ihrer flüssigen Form abhaben, nicht einmal reden will er mit mir. Unfreundlicher Bengel, schlechte Erziehung, aber gutes Erbmaterial notiere ich mir im Gehirn beim Anblick seiner wohltrainierten Waden. Dann bin ich es leid, ihn zu verfolgen und schlage erst auf ihn, dann eigene Wege ein. Ich fühle mich sicher, denn von meiner Frau sollte ich mittlerweile weit genug weg sein, doch plötzlich mach ich mir Sorgen um die Kleine. Scheiße! Wenn die sich von dem Geld Zigaretten holt! Zigaretten kosten doch nur fünf Mark, da hat sie Geld für zwei Schachteln. Dann bin ich plötzlich schuld daran, dass sie hustet. Schwere Vorwürfe wollen sich in mir ausbreiten, doch ich kann mich damit beruhigen, dass sie sowieso barfuß und nur im Nachthemd ist. Wenn sie bei den Temperaturen früh morgens so nackt draußen rumrennt, dann ist sie selbst schuld wenn sie hustet. Soll sie halt rauchen, denke ich und zünde mir eine Zigarette an. Mit meinem Handy wähle ich die Mobilnummer von meiner kleinen Ronja Räuchertochter, was ich ihr sagen will, weiß ich noch nicht genau. Aber mal die Lage checken, bin ja ein fürsorglicher Vater. Am anderen Ende der Leitung meldet sich nur die Mailbox. «Ja ja, rauch du nur, du kleiner Satansbraten!», schimpfe ich. «Wirst schon sehen, was du davon hast! Mit fünfzehn hast du eine Haut wie deine Mutter. Wie geht's Mama eigentlich, is' sie noch? Warum gehst du nicht ans Telefon? Hat mein kleines Mäuschen etwa einen Mäusefreund? Raucht der wenigstens auch?» Dann beendet mein Mobilfunkbetreiber das Gespräch. Das Guthaben meiner Prepaidkarte ist leer, aufgebraucht. Dabei wollte ich meiner Tochter noch so viel sagen, bevor sie erwachsen ist! Verdammtes Prepaid. Ich will mich an allen Telefongesellschaften rächen, die mein gutes Verhältnis zu meiner Tochter zerstört haben, aber ich finde keinen verantwortlichen Telefongesellschaftsmitarbeiter. Dann entsinne ich mich, selbst in einem Vodafon-shop gearbeitet zu haben, bis ich meinen Chef beim Stehlen erwischt habe, oder umgekehrt. Ich merke, wie ich sauer auf mich werde und denke, dass ich besser verschwinden sollte, doch da packe ich mir schon von hinten an den Hals und reiße mich zu Boden. Mein erster Schlag trifft mich sauber auf die Nase, erstes Blut fließt. Mit der linken Hand versuche ich, mich von mir runter zu stoßen, während meine rechte meinen hilflosen Körper immer weiter drangsaliert. Da ich Rechtshänder bin, ist die schlagende Seite stärker. Als ich erneut aushole und in meine Richtung schlage, kann ich mich wegrollen, sodass meine Hand auf das Kopfsteinpflaster prasst und außer Gefecht ist. Glück gehabt. Neben mir hält ein Auto, ich erkenne das Motorengeräusch. Die Fahrertür öffnet sich, über mich beugt sich das Gesicht meiner Frau. Sie drückt mit ihren zarten Fingern in die blutende Wunde an meinem Kopf, ruft laut: «Du bist», lacht hämisch, dann rast sie mit ihrem Twingo über eine Wiese davon. Hoffentlich kann ich meine Tochter noch irgendwo finden, das Auto hole ich nämlich in meinem Zustand bestimmt nicht ein.

15
FLUCH DER KARIBITCH

(ZWEI DUMME, KEIN GEDANKE)

Wenn man einen Menschen in der Sauna kennenlernt, dann erlebt man optisch später keine böse Überraschung mehr, kann sich direkt zu Beginn vom Zustand des Körpers überzeugen. Immerhin gebe ich mir selbst viel Mühe mit meinem Körper, alles perfekt ausdefiniert, mein Trainingsplan lässt keinen Muskel zu kurz kommen. Proteinkomplexe gegen Körperkomplexe, ich bin ein einhundertneunzig Zentimeter hoher, wandelnder feuchter Traum, sowohl für Frauen als auch für Schwuchteln, strahle heller als die Sonne und werde angehimmelt wie ein Stern. Meine Haare sind zu jeder Zeit exakt zehn Millimeter lang und bieten ein Zuhause für siebzig Gramm Haargel, während die Haare im Gesicht zu jeder Zeit herausschreien: «Nicht ein, nicht zwei, nicht vier/ nein haargenau drei Tage sind wir hier». Ich bin Adonis zwei-null-eins-null.

So ein Köper verlangt Disziplin und ist mit einer hohen Verantwortung verbunden. Ich will einen neuen Menschen schaffen, alles was nach mir folgt, soll perfekt sein. Ein Sprichwort besagt, dass die Mutter der Dummen immer schwanger sei. Gehe ich aber durch die Straßen und schaue mich um, dann kommt es mir so vor, als sei die Mutter der Hässlichen,

Weichen und Irren immer schwanger. Penner, Punker, Pommeskinder. Generation Grenzwertgenetik. Bei den sexuell Verirrten setzt die Evolution ja schön einen Riegel vor, ein Enddarm ist kein Mutterleib und eine Lesbe wird niemals Sperma im Gaumen produzieren und ihn in die Fotze ihrer Partnerin spucken können, aber die anderen kommen alle durch, wir bezahlen auch noch Sozialabgaben dafür. Asozialabgaben sollte das heißen. Wie ist nochmal der Plural von Judas? Ach ja, Sozialdemokraten. Es muss mehr von mir geben. Die Frau, die mir Kinder schenken wird, muss nicht die intelligenteste sein. Um den Kindern Denken beizubringen, brauchen sie einfach einen starken Vater wie mich. Nur ihr Körper muss perfekt sein, keine Krankheiten darf sie haben und die Haut muss gut sein.

Für mich ist es ein Kinderspiel, eine Frau zu finden, so leicht wie Schnürsenkel binden. Ein richtiger Blick, die richtigen Worte und schon sitzen sie in an meiner Bettkante, wo ich die Schleife zuziehen könnte. Aber Klamotten schaffen es einfach, jeden Makel zu überdecken; bisher war keine Frau dabei, die perfekt genug für mich war. Ich bin mir meiner Verantwortung bewusst. Dreiundsechzig Frauen habe ich auf diese Art umgehauen, bis mir das Spiel mit den Regeln *erst kennenlernen, dann ausziehen* zu blöd geworden ist, besonders weil ich dann immer noch mit Gummi in die Alten reingehalten hab. Ein Mal gepoppt, nie mehr gestoppt. Es ist nerviger eine loszuwerden als sie zu bekommen. Irgendwann kam die Idee mit der Sauna. Hier wird direkt präsentiert, nichts, das verhüllt.

Vor drei Tagen habe ich sie dann entdeckt. Die Mutter meiner Kinder. Perfekter Körper, leichter Sixpack unter der schlanken Haut, hellbraune Kubanerin, trotzdem die zweitblausten Augen der Welt, direkt nach meinen. In ihrem Herkunftsland funktioniert das Gesundheitssystem anders als hier, dort ist es keine unnatürliche Evolutionsbremse. Man kann bei ihr sicher sein, dass das Erbgut tatsächlich Erbgut und nicht Erbschlecht ist. Gut auch, dass ihr deutsch höchstens so flüssig ist wie Honig im Kühlschrank, da wird sie nicht so viel in die Erziehung reinreden. In der Sauna hatte sie nur ein kleines Handtuch um den Arsch gewickelt, ihre Titten saßen perfekt dort, wo Titten zu sitzen haben.

Noch ein Blick in den Spiegel und kurz die Frisur nachgebessert. Wenn sie pünktlich ist, dann wird sie sehr bald da sein. Das Essen wird eine Stunde nach ihr eintreffen. Die soll nicht denken, dass ich selber koche, das wird irgendwann mal ihre Aufgabe sein, da bereite ich die direkt drauf vor. Die Stunde vorher werde ich mit ihr Wein trinken, es wird dann leichter sein, ihr auf der Stelle ein Kind zu machen. Langsam sollte das nämlich auch mal schnell gehen, meine Kinder sollen so viel wie möglich von ihrem Vater mitbekommen. Jeder Tag, den ich warte, ist ein Tag, den meine Kinder mich weniger erleben werden.

Es klingelt. Sie ist tatsächlich pünktlich. Die Art, wie sie sich aufgemacht hat, zeigt, dass sie dasselbe will wie ich. Rotschwarzes Kleid, die langen braunen Haare offen, halterlose Kniestrümpfe. Sie beweist mit wenig Makeup, dass sie stolz auf ihre Haut ist und das um Himmels Willen auch sein kann.

Sie trägt keinen BH, ihre Brüste kämpfen problemlos alleine gegen die Schwerkraft. «Hola», sagt sie mit ihrer leicht kratzigen, viel zu hohen Stimme. Schon ist viel zu klar, dass wir beide nicht auf das Essen warten wollen und werden, die Lieferung wird vielleicht eine Zwischenmahlzeit sein, ein Snack zwischen den etlichen Paarungsakten, die wir zwei Hübschen heute unternehmen werden. Ich spare mir jeden Gruß, nehme sie direkt in den Arm und ziehe sie in mein Schlafzimmer, wo zwei mal zwei Meter Weide darauf warten, dass geochst wird, bis kein Gras mehr wächst. Wir fallen übereinander her, schalten das Denken aus, nur noch Triebe. Sie ist es, sie muss die Richtige sein. Eva einer neuen Generation, in die sich gleich mein Adam der Erkenntnis bohren wird. Sie kann es nicht erwarten, mich ganz zu haben und geht direkt ans Werk, mich von Stoff zu befreien, dann kniet sie sich vor mich und nimmt das Rohr bis zum ersten Wirbel in ihren Rachen. Ich bekomme leicht Angst, ihr Genick zu zerficken, sie ist zu wertvoll dafür, blowt ihren Job aber zu gut, als dass ich von ihrem Hals ablassen könnte. Sie saugt und lutscht und würgt und kaut und ich merke, dass es für mich sehr bald so weit sein könnte, aber ich will meinen kostbaren Samen nicht ihrem Stoffwechsel zuführen. Sperma kann sie sie essen, wenn ein Kind in ihrem Bauch ist und sie sich sowieso gesund ernähren muss, also ruck zuck Rückzug, raus aus dem Maul. Ich schlage ihr leicht mit dem Schwanz unters Kinn, um ihr anzudeuten, dass sie sich hinstellen soll. Sie gehorcht, braves Mädchen. Ich ziehe ihr Kleid hoch, werfe es in eine Ecke, dann gehe ich runter und ziehe an ihrem schwarzen Slip ...

... Krankes Schwein. Verdammtes, krankes Schwein. Erstmal zum Liegen gebracht, ein Paar Schläge in die Fresse, ist direkt in mein Bett gefallen. Kein Ort für kranke Schweine, also in die Küche gezogen und mit Schraubzwingen am Tisch fest gemacht. Beruhigen. Die perfekte Frau kann doch keinen Schwanz haben! Illusion? Ich schaue noch mal nach, kurz wieder an der Unterhose gezogen. Da ist ein Pimmel, der lässt sich nicht wegdiskutieren. Gerade war er zwar noch größer, aber er ist immer noch da und feucht ist er auch. Nicht zu fassen. Obwohl mein Körper perfekt ist, fühle ich ein Zittern und Schwäche. Es klingelt erneut, dieses Mal wird es das Essen sein. Bevor ich öffne, ziehe ich mir meine Klamotten über und werfe einen Blick in den Spiegel. Die Schweißperlen wegwischen und die Haare in Ordnung bringen.

Ein Italiener steht mit zwei großen Salatairgendwas und zwei Portionen Pasta Bolognese in der Tür. Er ist gut gebaut, seine Haare sind weder länger noch kürzer als meine. Niemals zuvor hatte ich das Gefühl, Hilfe zu brauchen, nur eben in diesem Moment. Und wenn mir jemand helfen könnte, dann ein Mann von meinem Schlag, ein neuer Mensch wie ich. Ob er mir kurz helfen könne, frage ich ihn, er bejaht. In der Küche sieht er das bewusstlose Ding, welches bis auf Unterhose, Strümpfe und Schraubzwingen nackt ist. «Es hat einen Schwanz!», sage ich ihm.

«Fünfhundert Euro», sagt er, nachdem er selbst nachgeschaut hat. Ein guter Deal. Er macht zwei Anrufe und redet etwas auf Italienisch, wovon ich nur meinen Namen und meine Adresse verstehe. Dann setzen wir uns an den Tisch und essen Salat und Pasta. Einmal kommen zwischendurch Geräusche vom Boden aus der Richtung, wo das Ding am Tisch festgeschraubt ist. Ein Tritt vom Italiener und es ist wieder ruhig. «Es wird noch etwas dauern», sagt der Italiener, als wir aufgegessen haben. Um die Zeit zu überbrücken, schauen wir fern, ich kratze mit den Händen über den Stoff des Sofas. Es hat einen rauen Stoff, fühlt sich aber trotzdem gut an. Es ist mir ein Rätsel, warum mein Vormieter dieses Möbelstück als einziges zurückgelassen hat. Ich sehe im Fernseher nicht das, was dort tatsächlich passiert, sehe immer nur die perfekte Frau, entsetzlich von einem Penis verstümmelt. Es hat sich eingebrannt, der Fernseher reaktiviert die Wunde. Irgendwann befreit mich die Türklingel von den Bildern und ich öffne zwei weiteren, gut gebauten Italienern in Anzügen und einem Teppich die Tür.

Nach wenigen Minuten kommen die drei Italiener aus meiner Küche, der Teppich ist jetzt wuchtiger als vorher. «Das Geld holen wir morgen», sagt einer der beiden im Anzug und trägt mit dem anderen den Teppich aus meiner Wohnung. «Was macht ihr jetzt damit?», frage ich den Lieferitaliener, der gerade noch seine Jacke aus dem Wohnzimmer geholt hat. «Frische Bolognese», sagt er, lächelt und kneift ein Auge zu. Ich wusste doch, dass sie später kochen würde. Dann ist meine Wohnung wieder mit meinem perfekten Körper alleine. Ich schalte den Fernseher aus und schaue aus dem Fenster. Irgendwie frage ich mich, ob ich nicht in Wirklichkeit nur träume und als dann noch ein Baby vor meinem Fenster Steilflugstunden nach unten macht, kneife ich mir in meinen muskelbepackten Arm. Kein Traum. Ab morgen noch eine Trainingseinheit mehr pro Tag, sonst werd ich so bekloppt wie die Schwachen.

16
FUNDAMENTRÜMMER

Es geht alles seinen Gang und die Sonne langsam aber stetig unter. Die einsetzende Dämmerung ist die Lieblingskulisse der Rehe, sie scheinen auch Dämmerung im Kopf zu haben, sonst würden sie nicht so sehr darauf abfahren. Wenn nämlich das Rotlicht des Waldes erscheint, dann kommen die Rehe hervor wie die Mädchen auf Sankt Pauli. Früher war ich viel öfter hier auf dem Hochsitz. Für die Trophäe habe ich nie gejagt, nur für das reine Fleisch, für Essen. Die Geweihe sind alle beerdigt. Ich zeige dem Tier dadurch Respekt, es ist für mich gestorben, hat mir als Braten geschmeckt und die Reste habe ich immer vergraben. Bis ich es meinem Enkel erklärt habe, dachte er, ich würde Rehbäume pflanzen. Damals brauchte man noch mehr Fleisch, die Freunde haben noch gelebt und machten sich häufiger zu Gästen, außerdem isst das Auge mit. Je mehr das Auge sieht, desto mehr kann es auch mitessen, so ist das, wenn Augen essen. Mittlerweile sind die Augen schwächer geworden, sicher, die Rehe sehe ich noch und kann sie auch treffen, aber es braucht mehr Anstrengung, mehr Konzentration.

Ich ziehe meinen Schnupftabak aus der Hosentasche und streue mir etwas auf den Handrücken. Mit dem Zug in der Nase merkt man, dass man lebt. Ja, ich lebe. Mein Gewehr ist vierzig Jahre alt, ich pflege es nach jedem Ausflug mit Ballistol, einem Pflegeöl für Waffen. Seit ich nicht mehr so oft jage, vermisse ich den Geruch des Öls häufig, dann reibe ich meine Hände damit ein, halte sie mir vors Gesicht und atme tief ein. Der Geruch erinnerte mich in der alten Zeit schon an noch ältere Zeiten, an Zeiten, in denen mein Vater noch lebte. Er war Offizier, als ich noch in einem Alter war, in dem ich noch nichts von der Welt verstand. Eine Zeit, die mich meine Mutter, die diese Zeit überlebte, zu leugnen und zu vergessen zwang.

Für mich gab es all diese Erinnerungen an diese Zeit, an die Uniform meines Vaters, an seinen Geruch. Auch er roch nach Waffenöl. Sie wollte mir diese Erinnerung rauben, wollte mich zum Löschen zwingen. Aber meine Kindheit bleibt mir, lebt in mir.

Man kann einem Bauwerk nicht das Fundament sprengen und dann erwarten, dass der Rest stehen bleibt, ich stehe. Auf dem Hochsitz. Nicht mehr so oft wie früher, aber mit derselben Intensität. Ein entferntes Rascheln lässt mich mein Gewehr auf dem hölzernen Balken auflegen, leichter Nebel erschwert die Sicht. Aber noch stehe ich, das Korn steht in der Kimme, zielt auf Bewegung im Gehölz.

Zu dieser Zeit sind die Rehe selten allein unterwegs, allein bin nur ich, mein Atem ist ruhig, wie auch der Herzschlag. Ein erstes Reh springt hervor, dann ein zweites, zu schnell für meinen Reflex, doch da ist noch Bewegung. Eine Sekunde später wieder Bewegung, jetzt keine Fehler, dann Schuss. Etwas stürzt getroffen auf den Boden, Vögel schrecken auf. Ich stelle mein Gewehr an die Seite und nehme eine Nase Schnupftabak, sie überdeckt den Geruch des verbrauchten Schwarzpulvers. Dann klettere ich den Hochsitz hinab. Die Schritte in Richtung meines Abschusses zähle ich, um mir die Entfernung zu merken, es ist wichtig, seine Entfernungen zu kennen, um sich selbst einzuschätzen. Dreiundsechzig Schritte zähle ich. Die Schritte des alten Mannes, der ich jetzt bin, sind dieselben des jungen Mannes, der ich einmal war. Dreiundsechzig ist eine gute Entfernung für einen Treffer.

Eigentlich ist dreiundsechzig eine gute Entfernung, aber da ist kein Reh. Ein Treffer und kein Reh, nur das zertrümmerte Fundament eines Menschen, ein Kind ohne Atem, ein Treffer zwischen Kopf und Brust. Hier hilft kein Schnupftabak, es ist nicht möglich, den Puls am Hals zu prüfen, da dieser Hals de facto nicht mehr existiert.

Ich will das nicht, darf nicht Urheber hiervon sein, das Fundament eines Menschen zertrümmert. Und wenn ...

Der Körper liegt hinten in meinem Vectra und es fühlt sich so an, als sei der Wagen aus Glas, als könne jeder alles sehen. Zum Glück wenig Verkehr, trotz Eile langsam fahren, nicht auffällig langsam, ordnungsgemäß. Sechs Kilometer bis zum Ortseingangsschild im Auto aus Glas. Als das Ortsschild in Sichtweite ist, erscheint ein rotes Licht am Straßenrand, das dort nicht hingehört, eine Kelle der Polizei, sie winkt mich heran.

Am Straßenrand öffne ich das Fenster, der Körper auf meiner Rückbank schreit laut um Hilfe. Bevor der Polizist mein Fenster erreicht, drehe ich das Radio auf, Volksmusik, der Körper schreit lauter.

«Guten Abend, Herr Reiners», sagt der Beamte, ich kenne ihn aus dem Schützenverein. Es ist nicht möglich, ohne Hals zu schreien, bete ich mir vor, nicht möglich, und ich erwidere seinen Gruß. «Jagdglück gehabt heute Abend?», will er wissen, ich nicke. Er klopft mir aufs Dach: «Na dann, guten Appetit! Wir sind heute ein bisschen auf der Hut, einer vom Werk ist durchgedreht, absolute Schweinerei, die er da angestellt hat im Imbiss, die Welt wird immer verrohter.» Ich sage etwas, das ich selbst nicht höre, etwas mit Fließbandarbeit. Der Beamte lacht, und ich darf weiterfahren.

Die Garage öffnet sich per Knopfdruck und zwischen Gartenschlauch und Besen kommt der Vectra zum Stehen. Die Rituale jetzt sind dieselben, wie beim Reh, ausnehmen und in essbar und zu bestatten trennen. Ich habe nie für die Trophäe gejagt, immer nur fürs Fleisch. Wenn ich den Blick vom Körper abwende, schreit er, aber wenn ich ihn ansehe, auf die Realität blicke, ist Stille. Die pure Ratio sagt mir, dass nicht nur der Hals des Kindes kaputt ist. Auch eine Hand fehlt ihm, es hat nichts mit mir zu tun.

Das Fundament eines Menschen zertrümmert. Ich bestatte die Reste im Hof und wünschte, mein Enkel hätte Recht gehabt, dass hier jetzt ein Menschenbaum wachsen würde. Dann esse ich, bis das Kind in mir zu schreien beginnt.

Das Radio stelle ich auf laut, reinige das Gewehr, rieche meinen Vater. Er war Offizier. Mir fällt auf, dass ich mich doch für meine Mutter verbogen und mein Fundament verleugnet habe. Eigentlich will ich auch Offizier sein. Ich kann nicht mehr stehen. Zwei Fundamente zertrümmert. Ein Erdbeben von einem Tag.

Kann nicht mehr.

17
UNWISSEND

An der Tafel steht der Herr Lehrer und unterrichtet. Er schreibt Jahreszahlen mit bedeutungsvollem Schwung an die sauber geputzte, glatte schwarzgrüne Oberfläche. Dazu benutzt er weiße Kreide. Er kennt die Unterschiede im Geruch der Kreide von früher und heute. Lange genug ist er im Dienst, um zu wissen, wie er die Kreide zu führen hat, ohne dass sie jene schrecklich quietschenden Geräusche macht, welche den Schülern die Gänsehaut in den Nacken treibt. Er kennt die Jahreszahlen gut und weiß genau, welche Ereignisse er dahinter zu schreiben hat. Am Ende des Halbjahres, das weiß er auch, werden die Schüler eine Prüfung über diese Zahlen ablegen müssen. Wenn er in die Klasse blickt, kann er sich ein Raster vorstellen, sieht nicht mehr die Knaben und die Mädels, sondern nur noch die mündlichen Noten, die er zu den Prüfungsergebnissen hinzuzuaddieren hat, um das Ergebnis durch zwei dividiert auf dem Zeugnisbogen einzutragen. Die schriftlichen Noten weichen nur selten stark von mündlichen ab, der Lehrer hat ein gutes Auge und Gefühl für sowas. Sein Name ist A. Stiegmüller, und keiner seiner Schüler kennt seinen Vornamen. A. Stiegmüller hat das Gefühl, von seinen Schülern in besonders hohem Maße respektiert zu werden, er kommt nie in die Verlegenheit, laut werden zu müssen; die Schüler sind wie kleine Engel, denkt unser Stiegmüller.

Was er nicht weiß und auch nicht denken würde, sind die Gerüchte, die um ihn kursieren und den Grund der Gehorsamkeit seiner Schüler darstellen.

Jeder, der Stiegmüller einmal hat gähnen sehen, weiß, warum sich Furcht und Zeter unter den Schülern haben verbreiten können. Die Zähne sehen aus wie die halbverwesten Hauer eines modrigen Wildschweines, sind groß und gelb und faulig zugleich. Der Lehrer ist nicht von großer Statur, bringt vielleicht sechzig Kilo auf die Waage, aber mindestens die Hälfte des Gewichts muss von seinen Zähnen stammen. Zudem verbreiten seine Zähne einen fürchterlichen Geruch, sodass findige Schülerinnen bereits vor A. Stiegmüllers Betreten des Klassenraumes alle Fenster bis zum maximalen Grad öffnen, selbst im Winter. Lieber frieren sie, als der Fäule zu stark ausgesetzt zu sein. Bei den sehr kleinen Schülern wird erzählt, der Stiegmüller äße unartige Kinder, was zwar nicht der Wahrheit entspricht, die Kleinen aber zu absoluter Stille und zeitweise zu bettnässenden Albträumen verleitet. In einer Pfütze aus Schweiß und Urin erwachen diese Kinder dann und erzählen ihren Eltern, sie hätten Bauchschmerzen und könnten nicht zur Schule gehen. Die Eltern, die hinter dem Verhalten nur eine Tücke ihrer Kinder vermuten, um ihren schulischen Pflichten zu entgehen und in der Nachbarschaft für allerhand Unruhe zu sorgen, schicken ihre Kleinen dann dennoch in ihre Bildungseinrichtung und sind so Schuld an einem verheerenden Trauma in den unschuldigen Seelen ihrer Zöglinge, während die Mütter fluchen, dass sie die Betten frisch zu beziehen hätten, obwohl sie doch lieber auf den

Markt gingen, um beim Kauf von Karotten und verschiedenem anderen Gemüse den neusten Tratsch zu erfahren.

Die älteren Schüler, denen bereits erste Pickel im Gesicht sprießen, und die bereits darüber nachzudenken pflegen, eine Person des anderen Geschlechts um eines ersten Kusses Willen zu bezirzen, glauben diesen Geschichten längst nicht mehr. Da sie aber dennoch Freunde einer zumindest minimalen Ästhetik sind und gutes Raumklima, so sie denn nicht selber stinken, zu schätzen wissen, sind sie darauf bedacht, keine Handlungen zu unternehmen, die ein weites Öffnen des stiegmüllerschen Oralschlunds zur Folge hätten. Sogar die schlimmsten Rabauken lernen hier die Grenzen kennen, die ihre Großmütterchen ihren Kindern noch hatten einprügeln müssen. Dabei zogen diese Großmütterchen ein griesgrämiges, vom Krieg gezeichnetes Gesicht und ächzten und krächzten fürchterlich. Die Schüler lernen beim Stiegmüller aufgrund des allgegenwärtigen Ekels zwar nicht viel über die deutsche Sprache oder die Geschichte der Welt, eine durchaus pädagogische Maßnahme ist die Anwesenheit des Melonenknackers, wie er bei den Ältesten in Anlehnung an den Nussknacker genannt wird, dennoch. Es ist ein Leichtes, sich vorzustellen, wie A. Stiegmüller eine Melone zwischen seinen ranzigen Steinbeißern zerquetscht und diese Vorstellung auf den eigenen Schädel zu übertragen.

Herr Stiegmüller weiß von alledem nichts. Er weiß es nicht, wenn er seine Zahlen und Buchstaben anmalt, wenn er die Kinder zur Pause entlässt, sieht die Zeichen nicht, wenn er im Lehrerzimmer seinen Kaffee in einer stillen Ecke trinkt oder die Klassenarbeiten der 9a korrigiert. Er hat keine Ahnung davon, wenn er zu Fuß das Schulgelände verlässt, unter den hohen Erlen in Richtung seines Hauses läuft und ihn die ersten Frühlingssonnenstrahlen an der Nase kitzeln. Er weiß so viel, doch weiß er nicht, was er nicht weiß. Aber manchmal, wenn Herr Stiegmüller alleine in der Badewanne liegt und die Reste seines Masturbationsprozesses teilweise an der Wasseroberfläche schwimmen und teilweise schon auf den Boden der Badewanne abgesunken sind, fragt sich Herr Stiegmüller, warum er nie die Frau fürs Leben gefunden hat, wo er doch so ein guter Lehrer ist. Sie hätte gewusst, wofür das A in seinen Initialen steht, hätte ihn Alois genannt, wie es seine Mutter tat, oder ihm zärtliche Kosenamen gegeben. Sie wären zusammen rausgefahren und hätten sich gegenseitig in das Gesicht und in das Herz geschaut. Doch der einzige Freund, der auf ihn wartet, nachdem er in der Schule unterrichtet hat, ist sein Hund. Doch einen Hund kann er nicht küssen, ein Hund kann ihm kein eigenes Kind gebären, kann nur bellen, spazieren gehen wollen und ihm ein bisschen Vertrauen schenken. Dann, in den Momenten in denen die Melancholie die überhand zu gewinnen versucht, öffnet er sich eine Flasche Weißwein oder nimmt eine angebrochene aus dem Kühlschrank. Er füllt sich nacheinander zwei Gläser voll und stößt mit sich selbst an, wonach er ins Bett geht und selig davon träumt, wie er kleinen Engeln die Flügel ausreißt, ihre flügellosen Leiber ins Feuer wirft und sie nach einer Weile wieder herausholt, um sie zu verspeisen. An einer Schule ist er durchaus gut aufgehoben.

18

ICY BIRDS AND TREES

Wenn man durch den Türspion in meiner Haustür schaut, sieht man eine Wiese und einen Apfelbaum. Warum es ausgerechnet ein Apfelbaum ist, konnte mein Vater mir, als ich noch ein kleines, pausbäckiges Kind war, auch nicht erklären, denn er war nicht derjenige, der den Baum gepflanzt hatte. Hätte mein Vater den Baum selbst gepflanzt, würde ich ihn wahrscheinlich dann und wann im Altersheim besuchen und ihm etwas sagen, aber er konnte mir ja auch nie etwas sagen und so schweigen wir jetzt besser.

Der Barhocker hinter der Tür hat genau die richtige Höhe, um im Sitzen durch das Guckloch auf den Baum zu schauen und genau das tue ich. Ich gehöre nicht zu den Leuten, die sinnlos rumlungern, aber es ist klar, dass das etwas anderes ist. Jetzt gerade ist es windstill, die Blätter des Baumes bewegen sich nicht. Der Baum trägt noch ein paar Blüten, ein paar wenige, dafür um so mehr Früchte. Und, obwohl überhaupt kein Wind da ist, sehe ich, wie eine der Früchte plötzlich vom Baum fällt. Ungeschützt gegen Wilderer liegt der Apfel jetzt auf dem Boden und beginnt zu gären, jemand muss ihm helfen. Dieser jemand bin ich. Ich eile in das Badezimmer, ziehe das Nachthemd meiner Mutter aus und den Blaumann meines Vaters an. Dann wasche ich meine Hände, denn den ersten gefallen Apfelkameraden darf man nicht mit Mikroben belasten. Als modisches Accessoire setze ich mir die Schultüte auf, mit der ich vor langer Zeit eingeschult worden bin, es macht diesen Moment nostalgisch und historisch zugleich. Jetzt ist keine Zeit mehr zu verlieren, also renne ich aus dem Bad in Richtung Haustür, hinter der ich noch einmal kurz stoppe, um zu türspionieren.

Die Luft ist nicht mehr rein, die verdammte Luft ist nicht mehr rein, sie ist eine befleckte Hure, die von einem Hund und seinem alten Herrchen gefickt wird. Der Köter wahrt derzeit noch genügend Sicherheitsabstand zum Apfel, aber der Arsch von Hundehalter befindet sich relativ nahe an der Fruchtmajestät am Boden. Ein zweites Lasso neben das erste Notfalllasso in Griffweite des Türspions gehängt zu haben, zahlt sich endlich aus. Ich reiße die Tür auf und werfe Lasso Nummer eins just in dem Moment, als Zielobjekt Nummer eins mit dem linken Hinterlauf gegen den Baum tritt, um zu einem giftigen Urinstrahl auszuholen. Ich erwische das pinkelnde Herrchen gerade in dem Moment, als der erste Urintropfen den Baumstamm berührt. Mit dem zweiten Lasso schnappe ich mir die Töle. Bevor ich überlege, wie ich mit meinem Fang verfahre, muss Kamerad Apfel gerettet werden. Damit Hund und Herrchen nicht flüchten können, werden sie vernünftig bei schockbedingt geringer Gegenwehr an den zwei beziehungsweise vier Beinen gefesselt und kopfüber an den Baum gehängt, dabei jaulen, bellen und fluchen sie abwechselnd.

Endlich ist die Luft wieder eine reine und ich kann mir erneut die Hände waschen, um Bruder Apfel aus dem Schlachtfeld zu evakuieren. Als ich mit dem Apfel in der Hand das Haus betrete, verschließe ich die Tür hinter mir und setze den Genossen auf einen Teller. Zufrieden schaue ich ihn an, aber er erwidert meinen Blick nicht. Stattdessen kommen Geräusche aus seinem Inneren, er scheint mir etwas mitteilen zu wollen. Aber wie soll er das tun, ohne Mund? Ich gehe an den Küchenschrank und öffne die dritte Schublade von links. Aus ihr fliegt mir eine Motte entgegen, die ich schnappe und nach ausgiebigem Kauen schlucke, sicher ist sicher. Dann nehme ich das Messer heraus, mit dem ich, nachdem ich es gewaschen habe, dem Apfel einen grinsenden Mund schneide. Gerade als ich fertig bin, zieht der Apfel die Mundwinkel weit nach unten. «Da gibt's nichts zu grinsen, du dumme Sau! Fast wäre ich draufgegangen!», brüllt er mir entgegen und ich fühle mich schuldig. «'tschuldigung», antworte ich und der Apfel wird richtig sauer. «Es heißt: *Entschuldigen sie, Sir Oberkommandant Adam, Sir!* Sie Fettarsch. Was fällt ihnen eigentlich ein, so mit ihrem Vorgesetzten zu reden. Runter mit ihnen auf den Boden und dann dreißig Liegestütze, zack zack!»

Ich gehorche, mache meine Liegestütze, wobei mir die Schultüte vom Kopf fällt, dann wende ich mich wieder an den Herrn Oberkommandanten: «Dreißig Liegestütze, zu Befehl Sir Oberkommandant Adam, Sir!»

«Ich habe nichts davon gesehen, sie Fettarsch! Und jetzt raten sie mal, warum? Na? Na? Dämmert's? Weil ich keine Augen habe, sie verdammter Vollidiot! Los, besorgen sie mir welche, zack zack!»

«Zu Befehl, Sir Oberkommandant Adam, Sir! Die vom Hund oder die vom Herrchen?»

«Sagen sie, sind sie vollkommen bescheuert? Soll ich etwa die von einem Köter nehmen, um rot von grün nicht unterscheiden zu können? Wie soll ich ihrer Meinung nach einen Krieg gewinnen, wenn Freund und Feind gleich aussehen? Abtreten!»

Ich habe also einen Befehl. Da ich keine Ahnung auf dem Gebiet der von mir geforderten Operation habe, nehme ich vorsichtshalber kein spezielles Werkzeug, sondern den gesamten Werkzeugkasten mit zum Apfelbaum. Als ich die Säge auspacke, zittert der Baum leicht, also lege ich sie schnell zurück in den Kasten. Der Mann flucht immer noch, während sein Hund sich mit seiner Situation abgefunden zu haben scheint. Er versucht sich im Hängen mit seiner Zunge die Eier zu lecken.

An die Augen zu kommen, war leichter als vermutet. Ich lege den Hammer sowie die zwei blutigen Schrauben zurück in den Kasten und richte die Gänseblümchen vorsichtig wieder auf. Ich habe sie platt gemacht, als ich, vom Schrei des Hundehalters erschrocken, nach hinten umfiel. Mit den neuen Augen sieht der Herr Oberkommandant wesentlich besser und auch besser aus. Sein nächster Wunsch sind Zähne und ein Körper, diese Teile leihen wir uns beim Hund. In den Hals des Halters wäre der Apfel nämlich einfach so hereingepurzelt und von den Zähnen möchte ich gar nicht sprechen.

Als sich der Apfel auf dem Hundehals befindet, testet er seinen neuen Körper aus, springt wild durch das Haus und zerfetzt meine Schultüte. Es macht mich traurig, diese Erinnerung zerrissen zu sehen, doch lange dauert der Spuk nicht an, denn irgendetwas scheint an der Konstruktion falsch zu sein. Gerade, als Oberkommandant Adam seine Zähne am Sofa ausprobiert, bricht er zusammen und zerfällt in seine Einzelteile wie ein Kartenhaus im Wind. Vor Angst in Trance untersuche ich den erneut Gefallenen und erkenne, dass ein Wurm aus Adams Fruchtfleisch herausgekrochen kommt. Ein kleiner, verdammter Wurm.

Ich renne in den Garten, muss Luft schnappen. Wenn es von etwas im Garten genug gibt, dann ist das Luft. Frisch durchgeatmet gehe ich wieder in die Wohnung, ziehe mir Mutters Nachthemd an und mache sauber, so wie sie es immer getan hat. Alles in erst einen, dann in einen zweiten großen, blauen Sack. Die Säcke verfrachte ich in den Anhänger meines Mopeds und suche einen geeigneten Ort zum entladen. Als ich an einem parkenden Mercedes mit offenem Kofferraum vorbei komme, fackel ich nicht lang, lasse sie in ihm verschwinden und schließe die Kofferraumtür. Problem weitergegeben.

Wieder zu Hause betrachte ich den Apfelbaum. Mein Vater hat diesen Baum nicht gepflanzt. Trotzdem werde ich ihn bald einmal im Altersheim besuchen und ihm davon erzählen. Wenn er mich schon nicht liebt, dann akzeptiert er mich vielleicht, wenn ich das Nachthemd trage.

19 AM ENDE DER BEFEHLSKETTE

«Die gelben Ba-hokkah packst du bei die gelben Ba-hokkah in die vordere LKW da hinten und die roten Ba-hokkah packst du bei die roten Ba-hokkah in die hintere LKW da vorne, du Pappnase, du!», schnauft der dicke Woyzek, schnippst mir gegen die Stirn und zündet sich eine Zigarette an. «Aber Woyzek», hebe ich an, doch komme nicht viel weiter. «Watt watt aber? Nix aber. Laufen jetzt!», brüllt er mir ins Wort, winkt mich mit einer Hand weg und lässt sich mit einem krachenden Geräusch auf den Holzstuhl sacken, der unschuldig vor ihm steht. Ich, der ich ein sehr feinfühliger Mensch bin, bekomme Mitleid mit dem Stuhl und noch mehr mit den umstehenden Bäumen. Wenn ich ein Baum wäre und sähe, dass das mein Leben nach dem Fällen sein könnte, ich würde meine Wurzeln aus dem Boden reißen und in ein möglichst großes Feuer rennen. Lieber zu Asche werden und munter durch die Luft flattern, als einem Arsch wie dem von Woyzek als Sitzfläche dienen. Ich spüre, wie sich meine Augen weiten, um das ganze Ausmaß dieses fetten Arsches wahrzunehmen, meine unteren Augenlider scheinen auf meine Wangenknochen zu drücken.

«Watt guckste denn jetzt so blöde? Gehste jetzt ma bei die Ba-hokkah endlich bei oder wat?», brummt Woyzek und Ringe aus Zigarettenrauch treten aus den runden Öffnungen seiner wuchtigen Nase, wie bei einem Drachen nach dem Feuerspeien. «Aber Woyzek, ich, ähm ...», stammle ich, doch dieses Mal hindert mich mein eigener Kopf daran, weiterzureden. Der fette Arsch hypnotisiert mich, denn obwohl er zwischen Oberkörper und Sitzfläche des Stuhls eingeklemmt sein müsste, scheint er vor sich hin zu schwabbeln. Er wirkt wie ein riesiger Sack voller flüssigem Schweineschmalz, an den jemand unten zwei Rinderkeulen und oben einen halbierten Riesenhecht geheftet hat, wirkt wie eine Collage aus all den Dingen, die bei Vegetariern Ekel und Albträume verursachen. Zwar bin ich das genaue Gegenteil eines Vegetariers und bekomme eher Ausschlag bei Salatgedanken und Äpfelchenphantasien, trotzdem ist diese beuys'sche Fettskulptur, die er darstellt, widerlicher als jeder Verkehrsunfall.

Aus meiner Trance reißt mich ein brennender Schmerz an meiner linken Hand, deren Ursache Woyzecks Zigarette ist, die er mir absichtlich gegen meine Pfote drückt. «Ba-hokkah jetzt!», ist seine finale Anweisung. Aus meinem Tagtraum gerissen vergesse ich meinen Einwand und gehe in das Zelt, in dem die angesprochenen Barhocker, die eigentlich bequem gepolsterte Stapelstühle der höchsten Preisklasse sind, stehen. Für Woyzek sind alle Sitzgelegenheiten für eine Person Barhocker, sein Wortschatz und sein Horizont sind im Gegensatz zu seinem Körperumfang minimal. In diesem Zelt hat vor zwei Stunden noch eine Trauerfeier für das verstorbene Gör einer reichen, nervenden Familie stattgefunden. Ganz vorne stand der geschlossene Sarg, ich habe gehört, dass es anscheinend gar keine Leiche gegeben hat, aber das soll mir egal sein, die Stühle sind gerade wichtiger. Für die Gäste gab es Stühle in drei Farben. Ganz vorne waren vier Achterreihen schwarze, in der Mitte vier Achterreihen rote und ganz hinten vier Achterreihen gelbe Stühle aufgestellt.

Nationalflagge zum Draufsetzen für ein gutes Pressefoto, beziehungsweise schwarz-rot-gold für privilegierte Ärsche, beziehungsweise Teer-Blut-Pisse für Realisten.

Die Achterreihen waren eigentlich jeweils zwei Viererreihen mit einer Gasse in der Mitte, so wurde hier wohl unfreiwillig in Ost und West aufgeteilt. Beim Abbau der Stühle gilt: vier Stühle übereinander stapeln, dann vier dieser Stapel auf einen, präzise dafür angefertigten Rollwagen. Wenn der Rollwagen fertig bestückt ist, kommen zwei Spanngurte drum und er ist transportfertig. Die Rollwagen müssen laut Vorschrift immer von zwei Personen geschoben werden, was Woyzek natürlich völlig egal ist, denn mit seinem Körper gilt er ganz augenscheinlich als zwei Personen. Dass ich alleine mit diesen Rollwagen erheblich zu kämpfen habe, stört ihn nicht im Geringsten. Auch mein Bedürfnis, ab und zu eine Pause zu haben, lässt ihn absolut kalt. Für ihn gibt es keinen Grund, dass ein Nichtraucher mal eine Pause macht, schließlich muss ein Nichtraucher ja nicht rauchen. Beim Betrachten der Szenerie im Zelt fällt mir direkt mein Einwand wieder ein. Woyzek hat gesagt, wo die roten und wo die gelben Stühle hingehören, doch sind genau diese Stühle bereits in ihren LKWs. Die schwarzen erstmal zu stapeln und auf ihre Rollwagen zu stellen, kann jedenfalls nicht falsch sein, also mache ich mich an die Arbeit.

Immer, wenn ich alleine Arbeite, versüße ich mein Werk damit, dass ich auf Kopfkino schalte, mir ein schönes Videospiel vorstelle und die Melodie mitsumme. Beim Stühlestapeln eigentlich immer Tetris, da vergeht die Zeit schneller. Nach einer knappen Viertelstunde habe ich beide Rollwagen mit Leichtigkeit fertig bestückt und gesichert, und da Woyzek immer noch nicht am Ort der Arbeit aufgetaucht ist, verlasse ich das Zelt, um ihn zu fragen, wo die Rollwagen jetzt hin sollen.

Beim leidenden Stuhl angekommen scheint Woyzek eingeschlafen zu sein, die bis zum Filter abgebrannte Zigarette noch zwischen den Krakauerwürsten, die er Finger nennt, klemmend. Mehrere besonders perverse Fruchtfliegen umschwirren ihn und laben sich am austretenden Speichel. Eigentlich wäre dies ein idealer Zeitpunkt für eine Pause, aber da ich heute Abend noch ein Date habe, will ich auch endlich mal fertig sein. Um Woyzek zu wecken, könnte ich ihn entweder sanft schütteln oder aber laut brüllen – natürlich entscheide ich mich für die zweite Variante, denn Woyzek würde ich selbst mit Handschuhen nur ungern anfassen. «WOY-ZEK!», brülle ich also aus voller Kehle und erreiche damit, dass er ganz behutsam seine Augen öffnet und schmatzt. «Sag mal Woyzek, was soll ich mit den Schwarzen machen?»

«Wie watt, Schwatte? Wollen die Neger wieder die Ba-hokkah klauen?», trompetet Woyzek und springt von seinem Holzstuhl auf, dass die Erde erzittert und unterirdische Maulwurfbauten einstürzen.

«Schwarze Stühle, Woyzek, wo sollen die schwarzen Stühle hin?»

Bedächtig schaut sich Woyzek um, zeigt dann auf den hinteren LKW: «Wat is da drin?»

Ich erkläre ihm, dass sich dort die roten und in dem anderen LKW die gelben Stühle befinden und dass, da wir die Tische auch schon eingeräumt haben, diese beiden LKW bereits voll sind. Also gibt Woyzek mir den Befehl, die Rollwagen zumindest schon mal an die Straße zu rollen, damit, wenn die Fahrer die LKW abholen und noch mal zurückkommen, alles schneller gehe. Dann holt er sein Handy raus, ruft die Fahrer an und nimmt mit einer Zigarette im Maul wieder Platz. Ich also zurück ins Zelt, die Bremsen des ersten Rollwagens gelöst und losgeschoben. Während ich schiebe, summe ich die Melodie vom Strandlevel bei Mario Kart und stelle mir vor, Woyzek mit roten und grünen Schildkrötenpanzern vom Stuhl zu kegeln. An der Straße angekommen will ich die Bremsen des Rollwagens feststellen, doch als ich den Wagen loslasse, sorgt die Abschüssigkeit der Straße dafür, dass er von alleine weiterfährt.

«Rennt Stühle, ihr seid frei!», rufe ich ihnen hinterher und weil es Spaß gemacht hat, hole ich noch den zweiten Rollwagen und schicke ihn hinterher. Der erste Wagen ist an einer T-Kreuzung zum Stehen gekommen, der zweite rollt, da ich ihm einen Stoß mitgegeben habe, noch etwas weiter und prallt gegen einen grünen Mercedes. Als nächstes wecke ich Woyzek und sage ihm, dass die Schwarzen einen Mercedes demoliert haben und zwei Rollwagen weg sind. Der fette Sack ringt nach Luft, sein ganzer Körper wird so rot, dass es fast durch die Kleidung glänzt, außerdem schätze ich, dass sein Herz gerade versagt. Mit seinem Handy bestelle ich mir erst einen großen Teller Spaghetti Bolognese als Feierabendsnack für mich und dann einen Notarzt für ihn. Da ich denke, dass Liegen bestimmt besser für ihn ist, schubse ich Woyzek vom Stuhl. Er scheint eine große Attraktion für die Ameisen zu sein.

Als der Notarzt eintrifft, habe ich die ausgebrochenen Rollwagen bereits wieder nach oben an die Straße geschoben und dieses Mal vernünftig gebremst. Auch die Fahrer treffen ein, gucken kurz den dicken Mann und den Arzt an, fahren dann aber, nachdem sie sich geeinigt haben, wer die schwarzen Stühle später noch abholt, direkt weg. Ich setzte mich auf den Holzstuhl und beschaue mir Arzt und Patienten. Mit einer Schere schneidet der Doktor das Shirt vom Koloss auf, drückt etwas auf ihm rum und spritzt ihm etwas in den Arm. Wenn ich alles bis auf den Busen von Woyzek ausblende, überkommt mich ein warmer Schauer. Seit vielen Jahren träume ich schon von einer Frau mit weichen, mittelgroßen, aber sehr stark behaarten Brüsten, einfach, weil ich Haare und Brüste mag. Der Notarzt scheint vieles richtig zu machen, denn als der Krankenwagen eintrifft, sind die Augen von Woyzek schon wieder leicht geöffnet und er versucht, sich irgendwie mittzuteilen. Kommunikation ist ja auch sonst nicht so seine Stärke, aber in diesem Zustand ist er auf diesem Gebiet sogar noch schwächer. Der Notarzt und ich müssen mit anfassen, als die schmächtigen Jungs vom Rettungsdienst versuchen, Woyzek auf eine Trage zu legen und ihn in den Wagen zu verfrachten, dann ist Ruhe. Ich sitze alleine auf einem Holzstuhl und der Holzstuhl steht völlig frei auf einer wunderschönen Wiese. Das übertriebene Festzelt steht hinter mir außerhalb meiner Sichtweite und ich bemerke zum ersten Mal, was heute eigentlich für ein wunderschöner Tag ist.

Mir werden meine Spaghetti geliefert. Die Soße schmeckt etwas merkwürdig und enthält Fingernägel, trotzdem kann ich sie genießen.

Ich forme mir aus Erde zwei Brüste und stecke Grashalme als Haare hinein. An ihnen zu lecken knirscht zwischen den Zähnen, trotzdem kann ich es genießen.

Es könnte alles so schön sein.

Schön ohne Chefs.

20 WILLKÜRENRITT

Mein Telefon klingelt. Das macht es oft, denn täglich versuchen mehrere Menschen mich zu erreichen. Häufig geht es um ihre Existenz. Dass das Telefon klingelt, ist in Ordnung. Was mich allerdings stört, ist, dass das Display des Telefons die Nummer des Anrufers nicht anzeigt. Ich möchte immer gerne wissen, welche Nummern die Bürgerinnen und Bürger haben, die versuchen, mich zu erreichen. Diese Nummern notiere ich mir dann und schreibe sie nach Dienstschluss in die erste Spalte einer Excel-Tabelle. Jede Telefonnummer ist eine Trophäe, steht für ein Gespräch, das ich in meiner Amtszeit geführt habe. In die zweite Spalte trage ich hinter jeder Nummer ein *bewilligt* oder ein *abgelehnt* ein. Eines Tages werde ich diese Liste, von der ich stets mehrere Sicherheitskopien habe, auf dem edelsten Papier ausdrucken und binden lassen. Das Buch wird der Beweis der unermüdlichen Erfüllung meiner Pflicht sein und ich werde es meinem Enkelsohn am Tage meiner Pensionierung schenken, damit er auch Beamter wird. Ich kann jetzt schon seine Freudentränen vor meinem inneren Auge sehen, wie begeistert er sein wird, zu erkennen, was für ein bedeutender Mann sein Großvater war. Er wird ein guter Mensch werden, ein guter Staatsdiener.

Es fällt mir nicht leicht, es zu sagen, aber mein Sohn ist nie Beamter geworden und lehnt es auch bis heute ab. Bei mir selbst kann ich keine Schuld dafür erkennen, meine Frau muss die entscheidenden Fehler in der Erziehung gemacht haben. Natürlich, sie ist einigermaßen streng, sonst hätten wir nicht geheiratet, aber eben nicht streng genug. Sie hätte ihm niemals erlauben dürfen, in einem Bett anstatt wie ich in einem Aktenschrank zu schlafen. Auch das ganze Fastfood, das sie ihm erlaubt hat, war schlecht. Der Mensch muss die exakten Rezepte für das, was er isst, kennen, sonst weiß er irgendwann nicht mehr, was er ist. Denn als mein Sohn zur Welt gekommen ist, war er noch ein guter Beamter. Er wurde an einem Mittwoch um vierzehn Uhr siebenunddreißig geboren und als ich ihn nach Dienstschluss um siebzehn Uhr sechzehn das erste Mal in die Luft gehalten hatte, sah ich ganz klar den Beamten in seinen Augen. Dann schlief er Nacht um Nacht in seinem Kinderbettchen und verlor ihn dort ziemlich schnell. Cynthia, was hast du nur getan?

Als Jugendlicher machte der Junge seinen Realschulabschluss, was bereits für ein tolles Amt gereicht hätte, dann setzte er sogar noch ein Abitur drauf. Ich dachte an den gehobenen Dienst, er an etwas anderes. Während der ganzen Zeit arbeitete er nebenher als Zeitungsjunge. Das Geld, was er damit verdiente, sowie die Hälfte des monatlichen Taschengeldes, dass er exakt nach den Empfehlungen des Bundesministeriums für Familie, Senioren, Frauen und Jugend (früher: Bundesministerium für Jugend, Familie und Gesundheit) erhielt, legte er zurück und leistete sich sofort nach dem Abitur den Führerschein und einen alten Mercedes, dessen TÜV abgelaufen war und den er selbst wieder fit machte. Es sei sein

Traum, meinte er. Man sieht, wo es hinführt, wenn Kinder in Bettchen schlafen. Sie träumen dann von unsinnigen Autos und nicht von Stempeln und Papierbögen. Als Beamter hätte er so einen Schnickschnack gar nicht nötig. Wir hätten ihm schön bei der Stadt ein gutes Amt zugeschustert, dann hätte er schön in die gute Wohnung über Cynthias und meiner ziehen können und ich hatte ihm schön eine gute Frau zugeschustert. Wahrscheinlich wäre ich jetzt schon Großvater. Jeden Morgen hätten wir gemeinsam zum Amt laufen können. Ich weiß doch, dass mein Junge nicht mehr so gern alleine morgens herumläuft, seit er damals beim Zeitungsaustragen von einem Betrunkenen verprügelt worden war. Aber so was kommt von so was, und als Beamter wäre ihm das nicht passiert. Denn als Beamter ist man zu wichtig, um verprügelt zu werden. Ich würde auch auf den Zeitungsjungen einschlagen, wenn ich ihn dabei erwischte, wie er mir schlechte Nachrichten bringt.

Wenn mein Telefon im Büro klingelt, dann tut es das gleichmäßig. Egal wie lange ich es klingeln lasse, es wird nie quengelig, ganz anders als Kinder, die nicht Beamte werden wollen. Das Telefon kann warten. Und wenn der Anrufer es nicht nötig hat, sich auszuweisen, sondern seine Nummer lieber unterdrückt, dann muss es das auch. Telefonnummern sammle ich schon länger, als es ISDN gibt. Früher habe ich mir die Nummern von den Anrufern diktieren lassen, damit ich die Bürger einschätzen konnte. Nummern lügen nicht. Wenn die Anrufer schöne Nummern haben, dann ist es wahrscheinlicher, dass ich ihre Gesuche bewillige. Nicht leiden kann ich Telefonnummern, in denen die Zahlenfolge zwei sieben neun vorkommt. «Ein Zwosiebenneuner, aha!», sage ich dann, rümpfe die Nase und greife nach dem extra großen ABGELEHNT-Stempel. Schreckliche Zahlenfolge.

Der durchschnittliche Anrufer in meinem Büro lässt es neunmal klingeln, bevor er auflegt. In anderen Büros und auf anderen Ämtern ist es oft weniger, woran man erkennt, wie wichtig ich bin. Der Anrufer, der jetzt versucht, mich zu erreichen, ist gerade beim dritten Klingeln. Ich nehme eine Akte von einem Stapel, mache ein Eselsohr in die linksobere Ecke, dann rieche ich am Papier. Nach dem vierten Klingeln schaue ich erneut auf das Display, ob vielleicht jetzt eine Nummer angezeigt wird. Das ist noch nie vorgekommen, aber man kann ja auch nie wissen, auch die Telekommunikation macht schließlich Fortschritte. Ich schaue immer nach dem vierten Klingeln nach, Laster würde ich es nicht nennen. Sicher, einige Leute behaupten, dass der Mensch ein Laster braucht, aber ich bin gegenteiliger Meinung. Die einzigen Menschen, die meines Erachtens ein Laster brauchen, sind Fernfahrer und Spediteure. Und wenn Fernfahrer noch mehr Laster haben, dann habe ich es in der Hand, ihre Existenz zu zerstören, indem ich ihr Gnadengesuch ablehne. Das fünfte Klingeln ist vorüber und ich bringe meinen ABGELEHNT-Stempel in Position, wobei mein Glied so hart wird wie das Holz des Stempels. Die meisten Leute sind doch selbst Schuld, wenn sie ihre Führerscheine verlieren und wenn ihre Existenz vom Fahren abhängt, dann sollten sie einfach besser aufpassen und sowohl ordentlich als auch nüchtern ihr Fahrzeug betreiben. Wenn sie bei mir anrufen, haben sie es besonders eilig, denn die Anträge sind in jedem Fall schriftlich einzureichen. Zeitgleich mit dem fünften Klingeln hat mich die Vorstellung eines Außendienstmitarbeiters im Anzug, der jetzt gerade um seinen Job bangt, so auf Touren gebracht, dass ich mit meiner linken Hand nach meinem Genitalstempel und mit der rechten nach dem Telefonhörer greife. Dann sage ich das, was ich immer sage:

«Bußgeldstelle, Kassenzeichen nullzwo bis nullvier, Herr Röhrmann, guten Tag?»

«Happy birthday to you! Happy birthday to you! Happy birthday, lieber Papa, happy birthday to you! Alles Liebe zum Geburtstag!»

Es ist ein Anruf von meinem Sohn, dem Taugenichts. Meine Erektion verschwindet in derselben Sekunde wie meine gute Laune.

«Du kleiner Scheißer, diese Nummer ist nicht für private Gespräche! Was fällt dir eigentlich ein? Hat deine Mutter dir das wieder eingeredet?», schreie ich entsetzt in den Hörer. «Aber ...», sagt er, doch da habe ich bereits die Taste zum Beenden des Gesprächs gedrückt. Ich lege den Hörer neben das Telefon, greife nach dem Stempel und drücke mir ein großes, schwarzes ABGELEHNT auf denselben Penis, aus dem irgendwann einmal die Hälfte meines Sohnes geschwommen kam. Dann noch etliche, weitere auf irgendwelche Gnadengesuche. Erst am Ende des Abends, als ich vor meiner Excel-Tabelle sitze, stelle ich fest, dass ich mir die Nummer meines Sohnes nicht habe diktieren lassen. Zum ersten Mal in meiner Laufbahn. Inkonsequenz ist eine ansteckende Pest.

21 TRÄUMERCEDES

Das Licht in meiner Wohnung ist ausgeschaltet und wenn ich mit genügend Abstand zum Fenster aus ihm hinausschaue, bin ich von draußen nicht zu sehen. Eigentlich ist diese Wohnung ein Segen. Im zweiten Stock als Untermieter einer leicht senilen, aber herzlichen Witwe, wenig Verkehr auf der Straße (wenn nicht gerade eine Scheune brennt oder der Berufsverkehr zur Schraubenfabrik wegen einer gesperrten Hauptstraße durch diese Straße umgeleitet wird) und vor allem: saubere Luft und keine Psychopathen.

Frau Ludenz, meine Vermieterin, wohnt in diesem Haus seit mehr als einer halben Hektode und bevor sie in diesem Haus wohnte, lebte sie immerhin in derselben Straße. Sie scheint tief in ihrem Inneren eine ursolide Zufriedenheit zu empfinden, zumindest ist es das, was sie jedes Mal und durch jede einzelne ihrer riesigen Poren ausdünstet, wenn wir uns zufällig begegnen. Es ist schwer, ihren Geruch zu beschreiben, aber wenn es den Geruch von Zufriedenheit gibt, dann ist das eins zu eins der Geruch von Frau Ludenz. Leicht süßlich und unbeschreiblich unangreifbar. Ihr linkes Auge strahlt so von dieser Zufriedenheit, dass ihr rechtes Glasauge nicht im Geringsten negativ auffällt. Man kann nicht sagen, dass Frau Ludenz es im Leben weit gebracht hat, dennoch hat sie das eine Ziel erreicht. Einige Menschen leben ihr Leben von Anfang an im Marathon, um am Ende am Ziel zu sein, andere Menschen spazieren erst und versuchen dann in den Wechseljahren noch einen spontanen Sprint in irgendeine Richtung zu machen (wobei die meisten Leute stolpern, denn die Knochen sind ja alt). Und es gibt Menschen wie die Ludenz. Geboren werden, stehen bleiben, gucken und am Ende zufrieden sein. Einerseits gönne ich es ihr von ganzem Herzen, andererseits wünsche ich ihr einen schmerzhaften Tod. Ihr Lebensplan (wenn sie das denn überhaupt geplant hat, vielleicht ist es auch einfach die Abwesenheit jeglichen Lebensplans) ist so beschissen einfach, aber, wie jeder andere Plan auch, einfach nicht allgemeingültig. Geboren werden, stehen bleiben, gucken, zufrieden sein. Pah. Natürlich ist es schön, ein solches Ding voller Zufriedenheit als Beispiel vor Augen zu haben, besonders wenn man Menschen kennt, die, wie mein Vater, ihre Zufriedenheit aus dem Schikanieren anderer Menschen nehmen, dennoch ist ihre Zufriedenheit absolut unfair. Warum kann man sich nicht aussuchen, was einen zufriedenstellt?

Als Jugendlicher habe ich mir ausgesucht, zufrieden zu sein, wenn ich achtzehn bin, einen Führerschein habe und mir einen alten Mercedes kaufen kann. Und ich hab dafür gearbeitet, hart. Freunde geopfert, Freude geopfert. Ein alter Mercedes, wie der in meinem Lieblingsfilm. Ein Mercedes, wie Janis Joplin ihn besingt. Und dann raus. Raus aus der klammernden Armen meiner Mutter, die die verlorengegangene Liebe meines Erzeugers aus mir herauszukitzeln versuchte und selbst unbedingt weg von meinem Erzeuger und seinen Aktenschränken.

Raus, und dann in die Welt.

Und was mache ich jetzt? Seit vier Jahren sitze ich in diesem Kaff fest, komme mit Aushilfsjobs auf den Bauernhöfen, Babysitten und Gartenarbeit über die Runden und das war's. Ich bin so ungebunden, wie ich es sein wollte, keinen festen Job, keine feste Frau, aber nutze ich diese Freiheit? Keinen Millimeter. Noch weniger, ich verstecke mich regelrecht vor ihr, schalte das Licht aus, wenn ich aus dem Fenster schaue, damit die Welt mich nicht sieht. Seit ich hier eingezogen bin, benutze ich den Wagen fast nicht mehr, er steht nur vollgetankt da und bekommt Schrammen und Dellen, die ich nicht verstehe. Vielleicht vermisse ich sogar das kleine Gefängnis, das meine Eltern mir aufgebaut hatten?

Vermisse ich das wirklich? Gut, ich habe ein paar wenige Anläufe gemacht, mich mit meinem Vater auszusöhnen, das letzte Mal an seinem Geburtstag, aber zu meinem Glück war er dazu wohl selbst auch nicht bereit. Einfach rausgehen. Das Auto steht doch bereit, der Tank ist voll, meine paar Sachen sind schnell gepackt.

Es klingelt an meiner Tür, ein akustisches Signal, das nicht häufig auftritt. Da ich die ganze, letzte Stunde aus dem Fenster geschaut habe und sich in dieser Zeit niemand dem Haus genähert hat, ist es nicht schwer zu erraten, wer mich sehen möchte. Die Miete entrichte ich immer in bar, irgendwann im Laufe des Monats, sobald Geld da ist. Für diesen Monat bin ich meiner finanziellen Pflicht bereits nachgekommen, ich wundere mich also ein wenig über das Klingeln der Ludenz.

Eine kurze Zeit überlege ich, ob ich öffnen oder die Frau vor der schweren Holztür nicht beachten soll. Letztendlich übernimmt meine Unfreiheit die Entscheidung. Meine ungewollte, gesellschaftliche Konformität verlangt das Öffnen. Ich ziehe also den Vorhang meines Fensters zu, schalte das Licht ein und gehe zur Tür. Im ganzen Haus gibt es nur diese schweren Türen, natürlich ohne Türspion. Bevor ich den Schlüssel im Schloss rotieren lasse, nehme ich zwei tiefe Atemzüge, in die ich meine Beklommenheit steigen und abfahren lasse (nicht, dass es tatsächlich funktionieren würde, aber der Versuch zählt).

Im Licht der Lampe, die sich im Flur vor meiner Wohnungstür befindet, sieht die Ludenz wärmer aus als sonst. Mir ist schon oft aufgefallen, dass das Licht dieser Lampe die Dinge unglaublich warm erscheinen lässt, aber auf nichts war dieser Effekt bisher so stark, wie auf der ergrauten Haut der alten Dame jetzt. Ihr jugendliches Erstrahlen steht allerdings in einem krassen Gegensatz zu ihrem Zittern. Ich habe noch nie einen Menschen so zittern gesehen, beinahe so, als habe sie einen Presslufthammer verschluckt. «Kann ich ihnen helfen?», frage ich sie. Frau Ludenz kämpft in sich gegen irgendetwas an. Sie versucht zu antworten, versucht etwas zu sagen, aber es bleibt bei dem Versuch. Ihr Kiefer zuckt zwar unregelmäßig und ein paar Mal sieht es so aus, als würde es gleich aus ihr herausbrechen, aber immer, bevor sich etwas artikuliert, schluckt sie die Worte auf den letzten Zentimetern doch wieder herunter. Mit einer Geste bitte ich die Ludenz in meine Wohnung und deute auf einen meiner zwei Sessel, die im rechten Winkel zueinander um den Fernsehtisch angeordnet sind (und eigentlich sind es ihre Sessel und ihr Fernsehtisch, denn ich miete hier möbliert). Als sie sitzt, setze ich den Kessel auf den Gasherd, um Wasser für Tee zu kochen. Es fällt mir schwer, nicht laut zu darüber zu lachen, dass die Ludenz zum ersten Mal den Anschein macht, unzufrieden zu sein.

Irgendwann pfeift der Kessel und die Frau hat immer noch nichts gesagt. Dann irgendwann ist der Tee leer getrunken (die Ludenz hat trotz Apathie und alledem zwei Tassen ganz beiläufig in sich hinein laufen lassen) und immer noch Schweigen und Zittern. Dann irgendwann schläft die Ludenz einfach auf dem Sessel ein, ohne irgendetwas gesagt zu haben. Bei dem Gedanken, ihr eine Rechnung über eine Nacht schlafen in meiner Wohnung zu schreiben, muss ich lachen (und tue es dieses Mal auch laut, da sie ja schläft). Dann schalte ich das Licht aus, öffne den Vorhang und schaue aus dem Fenster. Fast Vollmond ist's und nichts passiert.

Gegen Mitternacht stelle ich den freien Sessel so um, dass ich der schlafenden Witwe gegenübersitzen und sie anschauen kann. Im kurz vorher angeschalteten Radio wird das Wetter für den nächsten Tag vorgestellt, die Ludenz schnarcht einen schleppenden Takt dazu. Langsam und unvorbereitet beschleicht mich das Gefühl, verdammt normal zu sein. Das leichte Heben und Senken des weiblichen Oberkörpers gegenüber wirkt auf mich wie eine Valium und da es keinen Grund gibt, jetzt nicht auch einfach einzuschlafen, lasse ich die Müdigkeit zu und mich von ihr besiegen.

Ich träume von Feuerwerk, von Silvester und Jahreswechsel. Eine Rolle spielt ein Schulfreund, den ich in der Oberstufe auf dem Gymnasium kennengelernt habe. Da ich zu der Zeit nie aktiv am Nachtleben teilgenommen habe (später eigentlich auch nicht), habe ich ihn nie betrunken gesehen. In diesem Traum allerdings ist er unglaublich besoffen und hantiert übermütig mit Feuerwerkskörpern, bis passiert, was in einer solchen Situation passieren muss. Teile seiner Hand fliegen mit dem Geräusch eines Heulers in die Stratosphäre. Seine überaus attraktive Schwester (mit der ich mein erstes Mal hatte) kommt von irgendwo her und weint, dann plötzlich geht der Traum in einem Krankenhaus weiter, und ich bin die Person, der die Finger fehlen. Im Krankenbett neben mir liegt nackt Frau Ludenz und schnarcht, ihr alter Kopf wurde auf den Körper einer jungen Frau transplantiert. Als ein Arzt kommt und mir mittweilt, dass ich wohl für immer auf den Genuss von Fingern an meiner rechten Hand verzichten muss, werde ich unglaublich sauer. Wie kann es sein, dass es möglich ist, einer alten Frau einen ganzen, neuen Körper zu verschaffen aber es bei mir nicht mal für ein Paar armselige Finger reicht. In diesem Moment öffnet die neubekörperte Witwe ihre Augen weiter, als es möglich ist, und lacht mich aus. Während ich vom Schlaf- in den Wachzustand übergleite, höre ich vom Arzt folgenden Satz:

«Sie hat keinen Körper und hatte nie einen! Das alles ist nur eine hübsche Anordnung von Partikeln, eine glatte Oberfläche, ohne Individualität, deren Verschwinden keinerlei Bedeutung hat ...»

Wach bin ich um fünf Uhr vierzehn, meine Kleidung ist durchgeschwitzt, meine Silhouette zeichnet sich in Schweiß auf dem Sessel ab. An meinem Herd steht Frau Ludenz, brät Spiegeleier, kocht Kaffee und schneidet Brötchen auf. Als sie bemerkt, dass ich wach bin, wirft sie mir ein Lächeln zu.

Später sitzen wir uns am Küchentisch gegenüber. Mir schmeckt das Frühstück ausgesprochen gut. Eigentlich frühstücke ich morgens nicht so ausgiebig, mir reicht der Kaffee. Aber heute fühlt es sich gut an. Ich erzähle Frau Ludenz, dass ich gehört habe, dass das Wetter heute schön werden soll. Draußen ist es noch längst nicht hell und ein Hahn hat auch noch nicht gekräht.

«Versteh mich bitte nicht falsch, Junge. Ich glaube es ist besser, wenn du gehst. Hier wirst du verrückt, das hier ist nicht das, was du willst», sagt sie, nachdem ich geduscht und mich angezogen habe. Sie sitzt an meinem Küchentisch, in ihrem Haus, raucht eine Zigarette, ist alt und sagt so einen Satz zu mir, nachdem wir die Nacht miteinander verbracht haben.

Aber sie hat recht. Hat absolut recht. Der Mercedes ist vollgetankt und das Wetter heute soll unglaublich gut werden. Ich nehme mir den Tag über Zeit, um den ganzen Sachen hier *good bye* zu sagen und trotz der Schönheit, die die Gegend hier bei Sonnenschein entfaltet, fällt es mir leicht. Ich lasse mich noch zu einem Abendessen einladen, sie hat Tafelspitz gekocht (und es nicht halb so gut hinbekommen, wie das Frühstück), bevor ich mich um einundzwanzig Uhr in meinen Mercedes setze. Bis auf zwei Ordner mit Lebenslaufunterlagen nehme ich nichts mit, nicht mal frische Kleidung. Alles wird anders werden. Neu.

Der Wagen springt an, ohne zu murren. Im Rückspiegel sehe ich, wie sie winkt. Ich trete das Gaspedal so tief durch, wie es geht, wirbel etwas Staub auf. Als ich so weit weg bin, dass sie mich nicht mehr sehen kann, bleibe ich kurz stehen und speie ihr Abendessen auf den Grünstreifen. Eigentlich war die Wohnung irgendwie ein Segen, aber nicht mehr träumen zu müssen sondern leben zu können ist …

ric
h
t
i
ger

*

22
ALLES, WAS ER KONNTE, WAS NOT GOING DEEPER UNDERGROUND

Meine derzeitige Situation verdanke ich meiner Neugier bezüglich aller Dinge, die *underground* sind. Nur dieser Neugier wegen hob ich den Gullideckel an, lugte hinein und kletterte, als ich nicht genug erkannte, die stählerne Leiter hinab.

Nun stehe ich hier, buchstäblich in der Scheiße. Fern ab vom Mainstream, der über mir fließt und unmittelbar neben dem Fluss des Zivilisationsmülls. Ich bin im Underground und nicht weit von mir höre ich Ratten rascheln und fiepen. Ihre Geräusche erkenne ich sofort, mein Großvater war auch eine Ratte. Er saß immer in seinem dunkelgrünen Anorak und langer, schlabbernder Unterhose auf dem Sofa vor dem Fernseher, schaute Talkshows sowie Dokumentationen und raschelte an einer Tüte voller Schlemmereien für alte Leute, also Sachen, die sich trotz Zahnersatz noch kauen lassen. Als meine Großmutter nicht mehr gut genug aussah, eine Frage von Furchen und Gebrechen des Alters, fiepte er kurz auf und verließ das sinkende Schiff. Er war eine Ratte und es würde mich nicht wundern, wenn ich ihm hier in Untergrund begegnete.

Ich würde jetzt gerne die Ratten sehen, aber mein Licht reicht nicht weit genug. Mein Handy kann zwar Taschenlampe, aber leider nicht Scheinwerfer. So schön, wie ich ihn mir vorgestellt hatte, ist der Untergrund auch gar nicht, es stinkt hier und irgendwie habe ich auch Angst.

Lichtstrahlen von oben verraten, dass der Gullideckel noch offen ist, also beschließe ich, den Untergrund wieder zu verlassen, außerdem ist jetzt auch die richtige Zeit dafür. Sprosse für Sprosse erklimme ich den Weg nach oben und während mir mein Großvater noch etwas hinterherruft, bin ich schon mit einem Bein an der Oberfläche.

Es war dumm, die Leiter mit den Beinen voran zu erklimmen, denn so kann ich nicht nachschauen, ob der Weg frei ist. und genau das ist er natürlich nicht – eine Fahrradfahrerin fährt über mein Bein und stürzt. Raus schaffe ich es trotzdem, aber mein Bein tut weh und eine Fahrradfahrerin mit angeschlagenem Kopf schimpft mit mir. Sie sagt, sie sei eine junge Mutter und müsse immer fit sein, um ihre Kinder zu versorgen, einen angeditschten Kopf könne sie da nicht gebrauchen.

Als ob diese Information einen Unterschied machte. Passiert ist passiert und vom Meckern wächst ein angeditschter Kopf auch nicht mehr zusammen. Ich hebe die Radfahrerin auf und stelle sie an eine Laterne – dann küssen wir heftig. So lange, bis ihr nicht mehr vom Umfallen, sondern vom Knutschen schwindelig ist.

«Eine junge Mutter braucht einen jungen Vater», sagt sie und ich glaube es ihr. Sie sieht aus wie eine, der man glauben kann mit ihren halblangen, halbroten Haaren an ihrem halben Kopf. Sie braucht definitiv einen jungen Vater, aber ich bin beides nicht, weder jung noch Vater. Außerdem schmerzt mein Bein.

Ich pfeife einem Taxi zu und lasse sie im dämmrigen Licht der Laterne zu Ende bluten, denn ich habe alles für sie getan, was ich für sie tun konnte. Wo es denn hingehen solle, fragt mich der Kutscher und ich sage ihm, dass ich zu einem Arzt muss, irgendwas mit Beinen. Auf seine Frage, was denn passiert sei, antworte ich ihm, dass ich aus dem Untergrund geklettert sei, falsch herum, und dann eine junge Mutter mein Bein überfahren habe. Der Droschkenkutscher lacht. Und wie der Arsch lacht, Maschinengewehr gefolgt von Schweinegrunzen. Hehehehe-grunz. Ich hasse es, wenn Leute so lachen. Mir bleibt keine andere Wahl. Ich greife ihm ins Lenkrad und setze seinen Wagen gegen eine Laterne – dann küssen wir heftig, bis ihm nicht mehr vom Unfall, sondern vom Knutschen schwindelig ist. Sein Bart stiekelt mich, weil er so kurz ist, meiner kitzelt ihn, weil er so lang ist. Ich verlasse das Taxi und lasse den Fahrer im dämmrigen Licht der Laterne zurück, denn ich habe alles für ihn getan, was ich für ihn tun konnte.

Die Gegend hier ist mir völlig unbekannt, aber zu Ärzten finde ich intuitiv immer, mein Großvater war ebenfalls Arzt. Nach circa sieben Minuten Fußmarsch erreiche ich eine Praxis, in der Licht brennt. Das Schild am Eingang sagt: «Dr. Lorenz. Arzt für Beine.» Genau mein Ding. Das Wartezimmer ist leer, die Sprechstundenhilfe dafür voll. Wir knutschen, bis der Arzt kommt und mich mitnimmt.

Im Untersuchungszimmer erkläre ich Herrn Doktor Lorenz, was passiert ist. Er lacht nicht, was ich sympathisch finde. Um eine vernünftige Diagnose zu stellen, sei es erforderlich, meine Beine zu sehen, also ziehe ich meine Hose aus. Meine Beine sind sehr schön, wahnsinnig behaart und selten allein. Der Arzt will wissen, warum meine Beinhaare so lang sind. «Weil ich gerne durch hohes Gras laufe und wie die Bienen Pollen sammle. Es gibt da eine Milbe, die zu einem großen Bienensterben führt, und irgendjemand muss sich um den Fortbestand der Pflanzen kümmern», lüge ich ihn an. Dr. Lorenz sieht ein, dass ihn die Wahrheit nichts angeht und ohne weitere dumme Fragen kümmert er sich um die Gesundheit meiner Spazierextremitäten. Mit einer kühlenden Salbe und einem Verband am Bein werde ich von ihm vor die Tür begleitet, ich war sein letzter Patient für diesen Tag.

Im dämmrigen Licht einer Laterne lässt er mich zurück, er hat alles für mich getan, was er konnte. Ich fühle mich wie ein neuer Mensch. Natürlich, ich habe ein paar Blessuren davongetragen, aber dafür ich habe den Untergrund kennengelernt und weiß jetzt, dass ich dort nicht hingehöre.

Am Horizont sehe ich, wie Dr. Lorenz einen Gullideckel anhebt und in der Kanalisation verschwindet. Hoffentlich schaffe ich es, rechtzeitig ein Fahrrad zu stehlen, um sein Bein beim Herausklettern zu erwischen. Wenn schon jemand den Untergrund unbeschadet übersteht, dann bitte nicht so ein verdammter Rattenarzt.

23

ICH SITZE IM WARTEZIMMER UND ZU HAUSE VERÄNDERT SICH GRETA

Ich sitze im Wartezimmer und zu Hause verändert sich Greta. Seit wir in diesem verdammten Dorf wohnen, also seit knapp acht Jahren, ist Doktor Lorenz mein Hausarzt. Er hat schon vieles diagnostiziert bei mir und einiges an Medikamenten verschrieben, es hat auch immer gut gepasst. Das Wartezimmer hat sich in all diesen Jahren nur wenig verändert, die maßgeblichen Merkmale wie die bequem gepolsterten Stühle, der Glastisch mit den Zeitschriften und die Ecke mit den Bauklötzen sind unverändert. Seit ich herkomme, habe ich im Wartezimmer nie ein Kind mit diesen Bauklötzen spielen sehen, was daran liegt, dass ich noch überhaupt kein Kind in der Praxis jemals gesehen habe. Doktor Lorenz ist einer von drei Allgemeinärzten, zu denen man hier gehen kann und es gibt dieses Gerede über ihn. Nachgewiesen wurde ihm nie etwas, aber es wird so gesagt, dass Dr. Lorenz bei Kindern schon gerne mal intensiver Fiber gemessen habe. Mich stört das Gerede nicht, es kommt mir sogar ganz gelegen. Wenn ich mal zum Arzt gehe, dann nicht ohne Grund und wenn es so einen Grund gibt, dann will ich nicht noch durch das ewige Genöle kranker Kinder belästigt werden.

Außerdem liegen bei Dr. Lorenz auf dem Tisch hinter Lesezirkel-Umschlägen auch Zeitschriften, die man sonst nur bei einigen Herrenfrisören zum Lesen findet. Ich muss dann nicht verlegen in irgendeine Intellektuellenzeitschrift stieren und ständig zugeben, dass ich nicht nur den Text, sondern auch die Bilder nicht verstehe. Klar gibt es auch mal Bilder von Panzern in solchen Heften und dann kann ich denken «aha, ein Panzer», muss dann im nächsten Augenblick aber unter dem Bild irgendwas mit Friedenstruppen in irgendeinem Land lesen, dessen Namen ich nicht aussprechen, ja nicht mal aus*denken* kann. Und genauso sinnlos wie der Name des Landes ist eine Friedenstruppe mit Panzer. Ich dachte, Friedenstruppen waschen sich nicht, haben lange Haare und klauen im Penny Supermarkt. Wer sollte solchen Leuten einen Panzer in die Hand drücken?

Genau wie das Wartezimmer hat sich auch Greta die letzten acht Jahre nicht verändert. Sie war die ganze Zeit Greta, kochte täglich eines von den sechs Gerichten, die sie beherrschte und machte die Wäsche gut. Wenn ich von der Arbeit nach Hause kam, dampfte mir immer etwas entgegen und immer war sie meine Greta und alles war schon okay. Aber seit zehn Tagen verändert sich Greta. Sie macht nicht mehr das Essen und sitzt nur noch so da am Tisch. Logisch habe ich sie danach gefragt, ich war natürlich nicht sauer, jeder braucht mal Urlaub, aber Greta sagt nur, sie wisse auch nicht und blieb sitzen. Es war nicht ihr Verhalten allein, das anders wurde, auch ihre Form veränderte sich. Ihr Körper gewann an einigen Stellen an Masse, an anderen wurde es weniger. Ihre Beine, was ich am schlimmsten finde, sind fast durchgängig spindeldürr, nur dort, wo die Kniescheiben vorsitzen, zeichnen sich zwei fußballgroße Kugeln ab. Die Beine waren an Greta immer das Schönste. Jetzt sind sie, trotz ihrer Form, wahrscheinlich immer noch das Schönste, denn im Gegensatz zum Rest sind sie, oder zumindest waren sie es noch, bevor ich zum Arzt ging, symmetrisch.

Der Rest ist nicht symmetrisch. Während ihr linker Busen nicht nur verschwunden, sondern regelrecht nach innen gerückt ist, liegt ihrer rechter bereits auf dem Tisch; alles ist absolut verformt, und man kann regelrecht bei weiteren Veränderungen zuschauen. Wenn ich die Veränderungen nicht Stück für Stück mitbekommen hätte, ich würde den Menschen, der da jetzt sitzt, so lange verprügeln, bis er mir sagt, was er mit Greta gemacht habe. Dabei würde ich abwechselnd eine Rohrzange, einen Hammer, einen Gürtel und einen Feuerlöscher zur Hilfe nehmen. Ich würde diesen Menschen hassen. Aber es ist Greta und ich liebe sie. Auf der Straße vor der Praxis streiten sich zwei Männer lautstark über Fußball, dann höre ich vermutlich einen Verkehrsunfall. Es ist besser, das Fenster jetzt zu schließen. Es kann nicht mehr lange dauern, bis ich dran bin, der Warteraum ist leer und der letzte Patient schon seit mehr als den üblichen zehn Minuten beim Doc. Vom Boden hebe ich einen der seit mindestens acht Jahren unbenutzten Bauklötze auf. Als Kind habe ich lieber im draußen im Garten anstatt mit Bauklötzen gespielt. Weil ich mit sechs Jahren noch kein einziges Wort gesprochen hatte, schenkten meine Eltern mir damals zu Weihnachten einen Delphin, schließlich sollte ich im nächsten Jahr eingeschult werden, und meinen Eltern wäre es peinlich gewesen, einen stummen Stein mit Schultüte vor der Schule abzustellen. «Ein Delphin wird den Jungen schon zum Reden bringen», sagte mein Vater damals zu meiner Mutter, als sie sich unbeobachtet fühlten. Natürlich konnte ich mit sechs Jahren schon reden, aber ich tat es eben nicht, ich hielt es für überflüssig. Warum auch etwas sagen? Was man als Kind sagt, wird doch ohnehin nicht ernst genommen und Pflanzen, die schönsten Lebewesen von allen, reden doch auch nicht. Ich stand als Kind oft im Garten und spielte Blume, dabei buddelte ich meine Füße in der Erde im Garten ein, sammelte Licht und Wasser, machte fleißig Photosynthese und blühte munter leise vor mich hin. Als nun meine Eltern mir den Delphin schenkten, versprachen sie sich davon, dass ich nun endlich mal etwas erzählen würde. Ich aber hatte kein Interesse an dem dämlichen Fisch, was meine Eltern ärgerte, und gerade, als ich am siebenundzwanzigsten Dezember, direkt nach Weihnachten, mit meinem Spaten im Garten versuchte, die gefrorene Erde aufzulockern, riss mein Vater mich an meiner Kapuze ins Badezimmer, wo der Delphin in der Badewanne planschte und Delphingeräusche machte.

Dort wurde ich dann eingesperrt. Vier Stunden stand ich einfach nur so da und guckte das Tier an, welches nicht zurückguckte, sondern einfach nur da war. Irgendwann hörte ich den Schlüssel im Schloss und mein Vater kam wieder zurück. Er stellte sich vor mich, schaute mich so an, wie ich den Delphin angeschaut hatte und fragte, ob ich jetzt endlich reden würde. Ich sagte: «......................», fing an zu weinen und wurde ins Bett geschickt. Nachts stand ich heimlich auf, ging ins Bad, wo ich meinen Schlafanzug auszog und mich zu dem Tier in die Wanne setzte. Der Delphin war aufgeregt, genau wie ich, und als wir uns prügelten, habe ich gewonnen. Mit meinem ersten Spielzeug, einem Spaten, lockerte ich noch in derselben Nacht den Boden im Garten und verbuddelte die Trümmer des Tümmlers. Am nächsten Tag, als meine Eltern mich fragten, wo um Himmels Willen der Fisch sei, sagte ich nur: «An einem besseren Ort.»

So hat mich mein erstes Spielzeug vielleicht etwas gesund gemacht. Ich wünschte, ich wüsste, was Greta gesund machen kann.

Einige Stellen Gretas sehen gerade aus wie aus Bauklötzen. Wahrscheinlich werde ich in der nächsten Zeit selber kochen lernen müssen. Es wird sehr teuer, ständig Essen kommen zu lassen. Gretas Appetit ist nicht sehr groß im Moment, aber sie bewegt sich ja auch kaum, nur die Arme und ihren Kopf. Sie sagt, sie weiß auch nicht. Wir hatten lange keinen Besuch mehr bei uns zu Hause. Wenn ich mich mal mit Kollegen treffe, dann auf ein Bier im Rabeneck. Die meisten meiner Jungs sind auch im Schützenverein. Herrn Doktor Lorenz habe ich dort noch nie gesehen, aber es wird dort auch viel über ihn geredet. Es wird dort sowieso viel geredet, man kann nicht einfach das Fenster zumachen, denn man sitzt ja im selben Raum. Wenn Greta nicht aufsteht, werde ich auch den Müll selber an die Straße stellen müssen. Oder wir machen einfach keinen Müll mehr.

Die Sprechstundenhilfe betritt das Wartezimmer. Sie hat sich nicht verändert. «Herr Mauser, sie sind jetzt dran», sagt sie und schaut dabei auf den Bauklotz in meiner Hand: «Den lassen sie aber hier.»

Ich lasse den Klotz auf den Boden fallen und gehe den Weg, den ich kenne. Er sitzt mit dem Stethoskop um den Hals hinter seinem Schreibtisch, ganz in weiß. Ihm gegenüber ist Platz, den ich nehme. Doktor Lorenz sammelt Miniaturflugzeuge und fragt mich, wie es mir geht.

«Ich habe wieder dieses Stechen im Nacken», sage ich.

Wir wissen beide Bescheid. Wir kennen uns acht Jahre, etwa.

24 SEIN ODER SEIN LASSEN

Gut war die Stimmung, wirklich gut. Wir feiern sonst ja auch kräftig, aber dieses Mal eben noch ein bisschen kräftiger, denn es gab ja auch echte Gründe. Jugendliche hatten wir gerettet, vor einem Bären, schutzlose Jugendliche! Wir! Der Herr Bürgermeister persönlich hatte uns Männern vom Schützenverein für unsere großartige Heldentat zehn Kisten Bier spendiert. Ganze zehn Kisten feines Bier aus einer Privatbrauerei, da hat der feine Herr sich in der Tat nicht lumpen lassen. Persönlich vorbeigebracht hat er sie auch, nur tragen musste sie ein anderer, den er auch mitgebracht hatte. Fünfmal musste der junge Mann vom Auto des Herrn Bürgermeisters bis in unser Vereinsheim laufen, immer mit jeweils einer Kiste in jeder Hand. Wir schauten zu und wussten, dass wir uns das wirklich verdient hatten. Natürlich haben die Kisten in sein Auto gepasst, er fährt ja ein vernünftiges. Als dann das gute Bier drinnen war, hat er uns allen fleißig die Hände geschüttelt, noch eine kurze und trotzdem langweilige Ansprache gehalten und bevor wir uns wirklich setzen konnten, war er auch schon wieder verschwunden. Ist ja auch klar! So ein Herr Bürgermeister hat keine Zeit, der muss die Probleme lösen. Als Herr Bürgermeister hast du keine Freizeit, entweder du bist Herr Bürgermeister oder du lässt es. Da nützte es auch nichts, wenn der junge Mann, der die

Kisten geschleppt hat, so ausgesehen hat, als wäre er gerne noch auf ein Bier geblieben. Ganz sicher hätte er sich noch zu uns an den Tisch gesetzt und unseren Heldengeschichten gelauscht.

Aber auch wenn der junge Mann keine Veränderung in unsere Tischordnung gebracht hat, so war sie doch nicht die gleiche wie sonst. Am Kopfende des Tisches saß dieses Mal nämlich nicht unser Schützenkönig, sondern Bernd Molter, denn er war als erster vor Ort gewesen und hat auch als erster geschossen. Die anderen, die in der Nacht noch dazugekommen waren, haben zwar auch noch auf den Bären geschossen, aber da war der schon längst tot. «Nur zur Sicherheit», sagten wir dann immer. Ich habe auch *nur zur Sicherheit* einmal geschossen, obwohl ich eine dreiviertel Stunde später da war und sich schon siebzehn Kugeln im Bären befanden, zwölf davon im Kopf. Sicher ist sicher. Aber Bernd hat als erster geschossen und getroffen und war damit zu Recht unser Held der Nacht. Die meisten von uns haben die Zeitungsartikel über den Verein und Bernd ausgeschnitten, einige haben sogar die Berichte im Fernsehen aufgezeichnet. Bernds Sohn will jetzt eine DVD für alle zusammenstellen, denn seine Mutter saß ja die ganze Zeit vor dem Fernseher und wusste, auf welche Taste man drücken muss, damit der Videorecorder direkt aufzeichnet. Nur einen Bericht hat sie verpasst, da dieser zeitgleich mit einem anderen ausgestrahlt wurde und ihre Schwester, die in der Stadt wohnt, das mit dem Aufzeichnen nicht auf die Reihe bekommen hatte, obwohl es ihr per Telefon mehrfach erklärt wurde. Zum Glück war die Studentin beim

Sender, mit der Frau Molter telefonierte, sehr nett und schickt ihr jetzt für vierzig Euro einen Mitschnitt zu.

Natürlich, wir hätten es alle so gemacht wie Bernd, aber er war nun mal der erste und die zehn Kisten Bier sind ja dann auch für den ganzen Schützenverein gewesen und nicht in seinem privaten Keller gelandet. Und die gingen weg, die Kisten, so schnell, dass wir mit den Augen gar nicht hinterher kamen. Klaren hatten auch noch einige von uns mitgebracht und eine großzügige Bierreserve, finanziert aus den Vereinsbeiträgen und vom Schützenkönig, gibt es im Vereinsheim ja ohnehin. Und das alles wurde mächtig geleert. Aber wir feierten ja auch zu Recht, und wer feiert, soll auch trinken. Außer getrunken wurde natürlich auch geredet. Zuerst wurde denjenigen, die in der Nacht nicht dabei sein konnten, ausführlich alles noch einmal erzählt, hauptsächlich natürlich auch wieder von Bernd, denn der hatte ja das meiste gesehen. Wie er an den Türstehern vorbei ist und sich dabei gefreut hat, dass der Bär die erwischt hat, denn das waren zwei, die nun wirklich nicht hierher gehörten. Und wie er dann für einen kurzen Moment gedacht hat, dass er den Bären vielleicht gar nicht töten, sondern fangen und zum Werk schleppen soll, wenn der nur auf die Ausländer geht, weil dann ja endlich wieder ein paar gute Arbeitsplätze für Einheimische frei wären. Da haben wir natürlich gelacht, denn die Idee hat uns eigentlich allen ganz gut gefallen, besonders dem Ingo, denn dem haben sie ja nach vierundzwanzig Jahren einfach gekündigt. Angeblich, weil er getrunken hat. Aber den will ich sehen, der in der Fabrik arbeitet und sich nicht ab und zu einen brennt, bei dem Lärm. Und was anderes will Ingo nicht arbeiten, der will zurück in die Fabrik, denn erstens haben die da einen eigenen, lohnenden Tarif und zweitens kann er sich gar nichts anderes vorstellen als die Fabrik. Denn entweder gehörst du in die Fabrik, lässt sie Teil von dir werden oder eben nicht. Nach den vierundzwanzig Jahren ist Ingo mindestens zur Hälfte selbst Fabrik, aber sowas von. Aber die Türken lassen sie weiter arbeiten, obwohl die sich nicht mal in unsere Gesellschaft integrieren, wie sollen die sich dann in die Fabrik integrieren? Von denen ist jedenfalls keiner bei uns im Schützenverein.

Wie dann der Bernd aber beim Bären angekommen ist, war seine Freunde verflogen, bei dem Anblick, erzählte er. Und wie er dann, als der Bär auf ihn zurannte, gerade noch rechtzeitig abdrücken konnte! Das konnte er jedes Mal wieder so spannend erzählen, dass uns allen ein ums andere Mal fast das Herz stehen blieb. Das letzte Brummen vom Bären, das eher ein Quieken war, so, wie wenn man einem Hund auf den Schwanz tritt und das Geräusch, dass das Tier machte, als es auf den blutnassen Boden stürzte. Und dann hatten wir irgendwann zur Genüge über den Bären philosophiert und kamen zu den anderen Themen. Dass unsere Gesellschaft im Allgemeinen immer roher wird und dass die Jugend, wenn man sie nicht gerade vor einem Bären rettet, immer nichtsnutziger und undankbarer wird und dass man sich seines Lebens heute gar nicht mehr sicher sein kann. Und dann erzählte der Schulte etwas über seine Arbeit als Polizist. Wir waren alle ein bisschen neidisch auf ihn, denn auch wenn wir im Schützenverein sind und einige von uns auch Jäger, dann dürfen wir nicht immer mit unserer Waffe herumlaufen. Das durfte nur der Schulte. Und dann zeigte er sie uns, die Waffe, und sie war wirklich schön. Immer mehr packende Geschichten über die verrücktesten Menschen erzählte der Schulte und tippte sich immer wieder stolz auf die Brust. Dann sagte er, dass nicht alle so vorbildlich sein könnten wie unser Bernd, und darauf tranken wir alle einen Klaren.

Danach erzählten wieder einige etwas über ihre Berufe und aus ihren Leben, aber insgeheim wollten wir alle mehr von Schulte wissen, darum war auch direkt ein jeder still, als der Schulte sagte, dass er eine Idee habe. Und weil dann die Idee vom Schulte wirklich so richtig gut war, wurde es direkt wieder laut, nachdem er seinen Vorschlag gemacht hatte. Aber nicht, weil wieder geredet, sondern weil regelrecht applaudiert wurde! Denn der Schulte wollte uns zeigen, wie das so ist als Polizist. Wir also alle raus und zum Wagen vom Schulte. Natürlich ist er mit seinem Dienstwagen gekommen, denn ein Polizist ist ein Polizist, da gibt es keine Freizeit. Entweder du bist Polizist oder du bist es nicht. Immer Vorbild, immer im Dienst. Aus dem Wagen hat der Schulte dann seine Uniform geholt, die auf einem Kleiderbügel hing, der wiederum hinten am Beifahrersitz hing. Insgesamt waren wir einundzwanzig Männer, und trotzdem war es für den Schulte kein Problem, sich vor uns umzuziehen. Denn schwul ist ja keiner von uns. Das beste Heilmittel gegen schwul ist schließlich der Schützenverein, das predigt sogar manchmal unser Pfarrer, der auch im Verein ist. Eine scharfe Waffe ist der beste Therapeut.

Wie der Schulte also in Unterwäsche war, war uns deswegen auch egal, aber wie er dann seine Uniform endlich anhatte, haben wir uns schon etwas in ihn verliebt und einige von uns klopften ihm auf die Schulter, an der sich seine vier grünen Sterne befanden. Polizeihauptmeister Schulte löste Bärenhaupttöter Molter als Mann des Abends ab und wollte uns eine einfache Verkehrskontrolle, wie sie hier in letzter Zeit viele gemacht werden mussten, zeigen. Kurz darauf standen wir auch schon an der Straße, Schulte einen Schritt näher als wir und die rote Kelle in der Hand. Und wir hatten wirklich Glück. Viel wird diese Straße spät abends nämlich nicht befahren, aber wenn dann doch jemand vorbeifährt, dann ist dieser natürlich auch gleich um einiges verdächtiger. Und dass das nicht nur so eine Floskel ist, sollte uns auch bald bewiesen werden.

Nur etwa fünf Minuten hatten wir auf ein Fahrzeug warten müssen und in dieser Zeit wurde kaum geredet. Auf den ersten Blick war der Wagen in Ordnung, es war ein etwas älterer Mercedes, wie ihn kaum ein Verbrecher fahren würde, aber, und das sah nicht nur der geübte Polizeihauptmeister, das sahen wir alle, der Fahrer war um einiges zu jung für so einen Wagen. Die Jugend des Fahrers erklärte zwar die paar Beulen in der Karosserie, aber noch längst nicht, warum er in dem Wagen saß. Wir waren alle skeptisch. Zuerst verlangte der Schulte nach dem Führerschein und den Fahrzeugpapieren, welche okay zu sein schienen. Als der Fahrer dann aber gefragt wurde, wo denn die Reise hingehen solle und er antwortete, dass er das selbst nicht so genau wisse, da waren wir alle überzeugt, dass hier etwas nicht stimmte. Kein braver Bürger fährt so spät am Abend mit dem Auto, wenn er kein Ziel hat. Aber der Schulte, Profi wie der ist, blieb erstmal ganz ruhig und fragte nach dem Verbandskasten. Dieser lag griffbereit im Fußraum und enthielt tatsächlich alles, was in einen Verbandskasten gehört. Bisher gab es also noch nichts Handfestes, aber jetzt sollte sich bald herausstellen, mit was für einem wahnsinnigen Verbrecher wir es zu tun hatten, denn, um ganz sicher zu gehen, wollte der Schulte jetzt noch das Warndreieck und den Ersatzreifen sehen. «Sie sind doch betrunken, dass ist doch reine Schikane!», sagte der Jungspund noch, aber das ließ sich unser Schulte natürlich nicht sagen und unterstützte seine Forderung, indem er ihm seine Karin zeigte. Karin, das hatten wir vorher gelernt, ist der Name seiner Dienstpistole. Es sei Brauch, seine Waffe nach seiner ersten Freundin zu benennen, alle in der Polizeischule würden das so machen. Der Schulte also zeigte dem jungen Mann seine erste Freundin, der daraufhin sehr schnell verstand, dass das für ihn kein Spaß werden würde, wenn er weiter so unflätig bliebe. Und dann wurde es trotzdem kein Spaß für ihn, obwohl er jetzt bereitwillig aus seinem Fahrzeug stieg und mitarbeitete. Hier muss ich jetzt doch noch mal wiederholen, wie gut die Stimmung anfangs gewesen war, ein rauschendes Fest, immerhin war ja der Herr Bürgermeister da gewesen und hat höchstpersönlich Bier in das Vereinsheim tragen lassen. Aber wie die Stimmung dann gekippt ist! Wie wenn man in bester Sonne und Urlaubslaune am Strand liegt, vielleicht schon einen Eimer Sangria intus, und dann

Platzregen, ohne dass du vorher auch nur eine Wolke gesehen hast. Gut, wir hatten ja direkt gewusst, dass das wir es nicht mit einem braven Bürger zu tun gehabt hatten, der da im Wagen saß, aber dass der direkt ein Schwerstkriminieller war, nicht vorhersehbar. Ausgerechnet an unserem ersten Tag als Polizisten, beziehungsweise Hilfssheriffs. Für uns: Glücksfall. Für den Verbrecher: eher nicht so.

Unser Schulte stand hinter ihm, als er die Klappe vom Kofferraum nach oben zog. Und als der Kofferraum dann offen war, kamen auch schon die Fliegen. Kurzzeitig war alles schwarz, Luft ohne Durchblick, so viele Fliegen waren das. Die Jäger unter uns wussten natürlich sofort, was das bedeutet, dieses Bild gibt es ja immer wieder, wenn man durch den Wald zieht und an einem Tierkadaver vorbeikommt, aber auch die anderen merkten, dass da etwas stinkt. Denn es stank ja auch! Ein Geruch wie damals, als man Annabette seit mehreren Wochen nicht mehr erreichte und dann deswegen dachte, dass sie vielleicht Urlaub mache. In jedem funktionierenden Dorf muss es eine Hausfrau mit Tagesfreizeit für gelegentliche Treffs geben, das ist ja auch bei uns nicht anders. Natürlich, man kann auch etwas weiter in die Clubs fahren, aber das sind dann nie die echten Frauen, die man in einigen Situationen braucht. Wir waren damals in der Kneipe, drei regelmäßige Kunden von Annabette und diskutierten so lange über, was wohl mit ihr los sei, bis wir kurzerhand nachschauen fuhren. Merkwürdig war, dass ihre Tür nicht verschlossen war. Wir also direkt rein. Und da war er auch schon da, dieser Geruch. Annabette lag völlig verändert in ihrem

Bett, der Fernseher lief und neben ihr eine Fernsehzeitschrift, in der Pretty Woman mit einem roten Herz eingekreist war, leere Tablettenschachteln daneben. Ironisch dabei: Pretty war das Mädel bestimmt nicht mehr. Und selbiger Geruch stieg jetzt aus dem Heck des Viertürers, vielmehr aus zwei Müllsäcken.

Was in den Säcken sei, fragte unser Anführer, und der Gefragte machte auf ahnungslos. Ein kurzer Blick genügte für das letzte bisschen Gewissheit. Nicht nur ein bisschen Dreck war da am Stecken, da war ein ganzer Misthaufen. Der Fahrer hatte einen alten Mann getötet und, was besonders schlimm war, auch noch einen Hund. Wo wir doch fast alle einen Hund haben und als Freund schätzen! Der Schulte sagte natürlich gleich, dass er Verstärkung bräuchte. Wozu Verstärkung, wir seien ja alle schon da, sagten wir. Davon ließ er sich dann überzeugen, denn lernen sollten wir ja alle auch noch etwas.

Wir also mit dem Täter ins Vereinsheim. Kai durfte die Handschellen an der Rückenlehne vom Stuhl festmachen, aber sicher fühlten wir uns noch nicht. Immerhin hatte der Kerl einen Mann und einen Hund getötet, der war zu allem fähig. Zur Sicherheit also noch alle Türen des Vereinsheimes abgeschlossen und die schweren Holzflügel vor den Fenstern zugezogen. Dann ging das Verhör los. Jeder durfte mal Fragen.

Wer sind die beiden? Warum hast du das gemacht? Wo warst du in der Nacht vom vierzehnten März? Woher hast du den Wagen? Wo wolltest du gerade hin? Was sind das für Schuhe, die du trägst? Was sollen die Ordner auf deinem Rücksitz? Warum ausgerechnet einen Hund und keine Katze? Bist du schwul? Hattest du Sex mit den Leichen? Stehst du auf alte Männer? Was glaubst du eigentlich, wer du bist? Wer bist du? Warum hast du die Opfer so verstümmelt? Hast du kein Zuhause?

Aber das Schwein konnte uns nicht zufriedenstellen mit seinen Antworten. Er wisse nichts von den Säcken. Er habe damit nichts zu tun. Er wisse nicht, wo er hinfahre, und so weiter. Irgendwann stößt du auch als Polizist an deine Grenzen, besonders, wenn du den Job erst seit einer Stunde machst. Wir also angefangen, ihn leicht zu hauen, zwischen den Fragen, dann stärker. Als bereits Blut aus seiner Nase kam, kam, und jetzt weiß ich nicht genau wem, die Idee mit *Waterboarding*. Wir hatten alle gerade viel davon gehört, es wurde ja immer wieder gesagt im TV. Ich also mit Kai los und einen Eimer vollmachen, denn wir wollten nicht nur Wasser, sondern auch was ekeliges nehmen und genug getrunken hatten wir ja. Wenn schon Effekt, dann auch richtig Effekt.

Von nun an, sein Kopf zwischen jeder Frage eine Weile unter Wasser. Aber dieser junge Mann war so sehr Täter, so abgebrüht, so kalt, dass er bei seiner Meinung blieb. Nichts getan, keine Ahnung. Der Schulte sagte dann, wir sollten vielleicht aufhören. Ich aber hatte den Kopf noch gar nicht untergetaucht und wollte ja auch mal später was zu erzählen haben, also durfte ich auch ein letztes Mal ran. Und, es ist ja so, eigentlich muss man immer das toppen, was vorher kam, ich also nicht auf die Uhr geguckt. Irgendwann ließ der Widerstand nach und als ich nicht mehr drückte, schnellte der Kopf nicht zurück, wie es vorher immer war, sondern verweilte freiwillig unten. «Du sollst den Scheiß nicht leertrinken», sagte Ingo noch und wir lachten.

Polizeiprotokoll des Beamten Schulte

*Ereigniszeit: 3:15 Uhr – beim Verlassen einer Feierlichkeit des ortsansässigen Schützenvereins stellte ich beim Betreten meines FuSTW (Funkstreifenwagen, d. Autor) Kiebitz 2/1, fest, dass sich unweit der o. g. Örtlichkeit ein PKW mit geöffnetem Kofferaum befand, aus dessen Inneren elektrischer Lichtschein drang. Da der Besitzer des PKW mit dem amtlichen Kennzeichen **** nicht auszumachen war, sondierte ich das nahe gelegene Waldstück, wo ich eine Person mit einem Spaten und zwei Säcken ausmachen konnte. Als ich mich als Polizist zu erkennen gab und die Herausgabe seines BPA's (Bundespersonalausweis, d. Autor) forderte, ergriff die Person umgehend die Flucht. Aufgrund der Dunkelheit verlor ich die Zielperson nach einigen hundert Metern und rief per Funk nach Verstärkung. Bevor diese eintraf, hatte ich die Zielperson nach weiterer Sondierung aufgespürt. Sie trieb bereits leblos und mit dem Gesicht nach unten in einem ortsnahen See, der auf der Karte «Anhang 1» verzeichnet ist. Da ich nicht im Dienst und zu schockiert von den vorherigen Geschehnissen war, brach ich meine Ermittlungen an dieser Stelle ab und übergab an die Kollegen Meyer und Winnsen, nachdem ich sie über alle bisherigen Vorkommnisse informiert hatte.*

NACHSPIEL

Entbindungsstation. Neugeborenenzimmer. Gedimmtes, ungewöhnlich warmes Licht aus Energiesparlampen. Leise, an einen Wasserfall erinnernde Geräusche aus Lautsprecherboxen. Das typische, erste Setting der postnatalen Existenz von Hier und Heute.

Unruhe auf dem Flur.

Menschen, die aus einer vielleicht nicht sofort verständlichen Motivation agieren, werden, sobald ihre Aktion medienwirksam ist, meist als *geistig verwirrt* beschrieben. Die Schlagzeilen lauten dann etwa: «Papst umgeschubst – die Täterin war offenbar geistig verwirrt und ist jetzt in Behandlung», oder: «Amoklauf im Odersumer Erdbeerfeld – Geistig verwirrter Mann schlägt vier Pflückerinnen mit einer Blumenvase voller Hähnchenkeulen nieder». Eben jenes weiß auch der sechsundvierzigjährige Schaffner und gelernte Misanthrop Frank Mötgen, als er mit einem japanischen Sushimesser im Fahrstuhl des Krankenhauses steht und auf die vier drückt. Aber Frank hat vorgesorgt, hat ein Manifest geschrieben.

«Es ist somit nicht mein Ziel, lebenswertes Leben zu verhindern, sondern frisches Dasein vor den Qualen bevorstehender Existenz zu bewahren», lautet der letzte Satz des zweiundachtzigseitigen Werkes, getippt in Times New Roman, Schriftgröße elf und 1,5-fachem Zeilenabstand. Um ganz sicher zu gehen und von niemandem missverstanden zu werden, schickte er es an alle Pressevertreter, deren Namen er in den Impressen sämtlicher lokal relevanter Zeitungen finden konnte.

Zwei Stunden zuvor, an einem anderen Ort, beendete der freie Journalist C. Schmittek, der sich als einziger überhaupt mit dem Manifest befasste, seine Lektüre und schaute entsetzt in sein Wohnzimmer, bevor er die Polizei kontaktierte. In einer Kartei des Bürgeramtes wurde ein Bild des Verfassers, der seinen Namen offen nannte, ausfindig gemacht. Eine dringliche Sonderkommision wurde eilig zusammengestellt und zwei bewaffnete Beamte in kugelsicherer Spezialkleidung in jedem Krankenhaus auf den Entbindungsstationen postiert.

Als sich die Fahrstuhltür öffnet und Frank Mötgen auf den Gang tritt, wird er sofort überwältigt. Am nächsten Tag titeln die Zeitungen: «Aufmerksamer Journalist vereitelt Blutbad – Geistig verwirrter Mann hatte es offenbar auf Neugeborene abgesehen». Einzig die Werkszeitschrift des ortsnahen Schraubenwerkes berichtete über den Angestellten des Monats und die Stahlpreise im asiatischen Raum.

Das Manifest wurde vom Verfassungsschutz konfisziert, jegliches Öffentlichmachen oder Zitieren steht unter Strafe.

ABSPANN (STATT BLUMEN)

Sie lasen

Albträumer

Aus der Serie

ANTI-POP

In den Hauptrollen

Die Fantasie der LeserInnen

Drehbuch

A. Strauß

Ton

U. E. K. Strauß

Schnitt

J. Hinzke

Kamera

T. Baumhöfer

Musik

M. Woltering / Spunky / Doomed Zau-Kollektiv

Regieassistenz

M.-S. Verollet / S. Rabsahl / S. Masomi

Produktionsleitung

A. Weber / A. Stücher

Produktion

N. El-Sourani / J. Offenborn / R. Peuß

Regie

A. Köglowitz / A. Reichardt

Licht

I. Saal / G. Herlyn / H. Pühl

Technische Assistenz

A. Nielsen / J. Fischer

Technischer Leiter

Dirque

Spezialeffekte

ein ziemlich kräftiger Grieche

Maske

H. Appiß

Garderobe
S. Pleuß / Noomi

Direktorinnen der Photografie
T. van de Scheck / A. Chibb / J. Enste

Stunt Koordinator
T. Kunze-Glufke

Catering
I. Hinzke / La Torre

am schnellsten
L. Schoof / Marion / S. Gräfen / S. Kritzler /
Bibo / M. Malkus

Leitender Arzt
Dr. med. G. Brechen

Juristischer Beistand
Leider Keiner

hergestellt im
ikeafreien Wohnzimmer / Münster
und den mobilen Räumlichkeiten
der DB, ÖBB & SBB

duch

Open Office / Ubuntu

im Auftrag von

Freiheit

Gleichheit &

Gerechtigkeit

*

FIN

ANTI-POP

ICH BIN SCHIZOPHREN UND ES GEHT MIR ...
DIRK BERNEMANN

TB, 12 x 18 cm, 224 S.
zweite Auflage verfügbar
ISBN: 978-3-86608-107-9
VK: 9,95 Euro

«Bernemann ist einer der aufstrebenden Heroen der Befindlichkeitsliteratur von exzessiver Selbstbeobachtung bei maximaler Selbstironie.» **Main-Spitze**

ANTI-POP

ICH HAB DIE UNSCHULD KOTZEN SEHEN
DIRK BERNEMANN

TB, 12 x 18 cm, 128 S.
siebte Auflage verfügbar
ISBN: 978-3-937536-59-0
VK: 9,95 Euro

«Faszinierend, eine interessante Gesellschaftsstudie ... Das Buch lässt niemanden unberührt. Garantiert!» **Schwäbische Zeitung**

ANTI-POP

VOGELSTIMMEN
DIRK BERNEMANN

HC, 12 x 18 cm, 288 S.
erste Auflage
ISBN: 978-3-86608-135-2
VK: 14,95 Euro

Dirk Bernemanns neuestes Werk über Menschen mit Vergangenheit, die erkennen, dass sie auch Menschen mit Zukunft sein könnten ...

ANTI-POP

UND WIR SCHEITERN IMMER SCHÖNER
DIRK BERNEMANN

TB, 12 x 18 cm, 128 S.
dritte Auflage verfügbar
ISBN: 978-3-86608-054-6
VK: 4,95 Euro

«Eine lesenswerte, literarische Analyse der seelischen Krankheit des modernen Menschen – bei der aber auch mal ein Funken Hoffnung durchschimmert.» **Virus**

ANTI-POP

KLEINSTADTSCHLAMPE
MIRJAM DREER

TB, 12 x 18 cm, 192 S.
zweite Auflage verfügbar
ISBN: 978-3-86608-124-8
VK: 9,95 Euro

«Spritzig und frisch!» **Abendzeitung**
«Eine aufrichtige Momentaufnahme des Hier und Jetzt. Ein gutes Debüt.» **lies-und-lausch.de**

ANTI-POP

ICH TRAG EIN MASS GRAB IM HERZEN
TOBY FUHRMANN

TB, 12 x 18 cm, 148
erschienen Feb. 201
ISBN: 978-3-86608-1
VK: 9,95 Euro

«Voller Widersprüche aber das macht den man so spannend. V Überraschungen, zu Nachdenken, Lachen Wundern!» **Allgeme Zeitung Coesfeld**

ANTI-POP

EMBER FUR – HAT JEMAND FEUER?
STEFAN KALBERS

TB, 12 x 18 cm, 272 S.
erste Auflage
ISBN: 978-3-86608-147-5
VK: 9,95 Euro

Eine wunderbare Geschichte über ein Mädchen, ihren Platz in der Welt, ihren imaginären Freund und die Lust daran, immer wieder etwas in Flammen aufgehen zu sehen.

ANTI-POP

SEELENFICKER
NATASCHA

TB, 12 x 18 cm, 128 S.
vierte Auflage verfügbar
ISBN: 978-3-86608-068-3
VK: 9,95 Euro

«Heftig, aber poetisch und toll geschrieben - ein ganz wichtiges Buch.» **Syker Zeitung**
«Das Buch ist knallhart. Und hervorragend bearbeitet. Lest es!» **Punkrock**

ANTI-POP

LEBEN UND LEBEN HASSEN
DOMINIK STEINER

TB, 12 x 18 cm, 188 S.
erschienen Mrz. 2010
ISBN: 978-3-86608-131-4
VK: 9,95 Euro

«Die Worte in diesem Buch sind literarische Assassinen, die den Leser wachrütteln. Ein Buch mit Tiefgang.» **de-re.de**

ANTI-POP

PORNOSTERN
CHRISTOPH STRASSER

TB, 12 x 18 cm, 270 S.
erschienen Feb. 2009
ISBN: 978-3-86608-104-8
VK: 9,95 Euro

«Mit viel Witz und literarischem Geschick [...] Absolut lesenswert!» **Wildwechsel**
«Ein echtes Trash-Juwel, die Tragikomödie 2009!» **Kinkats**

ANTI-POP

ESTABLISHMENSCH
ANDY STRAUSS

TB, 12 x 18 cm, 160 S.
erschienen Aug. 2009
ISBN: 978-3-86608-120-8
VK: 9,95 Euro

«Andy Strauß beherrscht den Umgang mit Worten nicht einfach nur, sondern schafft es, daraus sprachliche Kunstwerke zu erschaffen.» **Ruhr Nachrichten**

ANTI-POP

SEXSHOP
CHRISTOPH STRASSE

TB, 12 x 18 cm, 288
erste Auflage
ISBN: 978-3-86608-1
VK: 9,95 Euro

Hasi hat den Job im shop gründlich satt. im ein großer Drogen angeboten wird, witt er seine große, seine letzte Chance und ei lich ist es eine todsic Sache ...